犬の尾

裏江戸探索帖

鈴木英治

時代小説文庫

角川春樹事務所

目次

●主な登場人物

山内修馬◆現徒目付頭・久岡勘兵衛の相棒だった元徒目付。今は浪人となり、小料理屋太兵衛の物置に起居し「よろず調べごといたし候」の看板を掲げている。二十八歳独身。

朝比奈徳太郎◆凄腕の浪人。剣術道場の雇われ師範代で、般若党の一件を通じて修馬と親しくなった。二十八歳独身。手習師匠をしている妹・美奈の心配ばかりしている。

稲葉七十郎◆南町奉行所の定廻り同心。前職時代から修馬と仲がよい。

長尾弾正◆越前鯖江藩・間部家の江戸留守居役。

孫右衛門◆間部家上屋敷に出入りする薬種問屋浜田屋の主人。

おとも◆美奈の手習子。飼犬クロの捜索を徳太郎に依頼する。

丹兵衛◆呉服屋岩倉屋の主人。偽薬売り捜しを修馬に依頼する。

犬の尾

裏江戸探索帖

第一章

一

前を行く長尾弾正《ながおだんじょう》が首をひねるや立ち止まり、つと振り向いた。

弾正が足を止めたことに気づいて、先導する家士がその場に控える。

廊下の真ん中に突っ立った弾正は、いぶかしげな眼差《まなざ》しを孫右衛門《まごえもん》に当てている。

その目に、浜田屋《はまだや》孫右衛門はなんともいやなものを感じた。冷や汗がつーと背筋を流れていったが、素知らぬ顔で弾正に近づき、小腰をかがめる。

「長尾さま、いかがなされました。手前の顔になにかついておりましょうか」

しばらくなにもいわず、弾正は孫右衛門から目を離さなかった。

「おぬし――」

唐突な感じで弾正が口を開く。

「以前、わしに会《お》うたことはないか」

えっ、といかにも意外そうな声を発し、孫右衛門は弾正を遠慮がちに見返した。苦笑まじりに語りかける。

「手前はこれまでに、長尾さまには数え切れないほどお目にかかっております」

「そうではないのだ」

練達な江戸留守居役らしからぬ苛立《いらだ》ちの色が、弾正の眉《まゆ》のあいだにかすかにあらわれた。

「もっとずっと前のことよ」

「ずっと前とおっしゃいますと」

「おぬしがまだ幼少のみぎりよ。そうさな、まだ十になっておらぬくらいの頃だ」

ついに思い出したのか、と孫右衛門は奥歯を嚙《か》み締めかけた。

だが、ここで動揺をあらわにすればすべてが台無しになるぞ、とすぐさま自らにい
い聞かせる。平然とした態度を保ち、気持ちの揺れを顔に出さないように気を強く持った。

そうなのだ、この男は決して思い出したわけではない。なにか引っかかりを覚えたに過ぎない。ここは、力任せに押し切ってしまえばよい。

「手前が十の頃でございますか。勘考いたしますに、そのような折に、長尾さまにお目にかかるような機会はまずなかったものと存じます」

「ふむ、その通りよな。おぬし、今年で四十になったのだったな。三十年前ならば、わしはまだ国元におったしのう」

同意してみせたものの、弾正は納得したわけではないようだ。気づいたように歩み出す。会釈気味に一礼して、家士が再び先導をはじめた。

心中で安堵《あんど》の息を吐き出し、孫右衛門は弾正のあとに続いた。

足を止めることなく、弾正が顔だけを向けてきた。

「浜田屋、おぬし、どこの出だったかな」

弾正とは、もう十年になろうかというつき合いである。孫右衛門の出身がどこか、知らぬはずがない。

おそらく今一度、確かめたい気分になっただけだろう、と孫右衛門は解釈した。

「越中富山《えっちゅうとやま》でございます」

「うむ、そうであったな。ゆえに、薬種を扱っているのだった」

「御意」

富山の薬売りといえば置き薬で名があるが、店で薬を売ることもないわけではない。

滝と鯉《こい》の絵が描《か》かれた襖《ふすま》の前で、家士が立ち止まる。続いて弾正も足を止めた。

「おぬし、いつ富山を出たのだ」

家士が襖を横に滑らせるのを見つつ、弾正がきいてきた。

「物心ついたか、つかないかという頃でございます。父に連れられ、一家で江戸に出てまいりました」

先に弾正が座敷に足を踏み入れた。

「入れ」

畳の上に立ち、弾正が孫右衛門を手招く。はっ、と答えて孫右衛門は敷居を越えた。

そこは八畳間だが、久しく替えられていないのが一目瞭然《いちもくりょうぜん》の畳が、孫右衛門の目に飛び込んできた。すべての畳が醤油《しょうゆ》を塗り込んだような色をし、すり切れている。

そのことを気にする素振りもなく、弾正が床の間を背にして座った。床の間には古ぼけてくすんだ掛軸がかかっているが、それも三ヶ所が小さく切れていた。そのせいで、掛軸はやや斜めになっている。

「そこに」

手を伸ばし、弾正が座布団に座るように勧めてきた。頭を下げた孫右衛門は座布団を後ろに下げ、畳にじかに正座した。

「楽にすればよいのだ」

「いえ、これでけっこうでございます」

穏やかに笑い、孫右衛門は背筋を伸ばした。顔を上げると、鋭い光を帯びた弾正の目が見据えてきた。

「富山の愛宕町《あたごまち》にある八幡屋《はちまんや》の羊羹《ようかん》は実にうまかったが、おぬし、存じておるか」

「八幡屋があるのは荒町《あらまち》でございますが、あの店の羊羹は実においしゅうございます」

「むう、荒町であったか、富山にはうといものでな」

脇息《きょうそく》にもたれた弾正がなおもたずねてくる。

「浜田屋、おぬしの父は孫兵衛《まごべえ》というたな」

「さようにございます」

顎《あご》を引きながら、存外にしつこい、と孫右衛門は思った。

——今日、俺の顔を見てよほど引っかかるものがあったということか。

となれば、これからは長尾弾正に対し、警戒の念を強めなければならないかもしれない。

むっ、と孫右衛門は顔をしかめそうになってかろうじて耐えた。不意に胃の腑《ふ》に重い痛みを感じたのだ。

「孫兵衛も薬種を生業《なりわい》にしていたのだったな」

腹に手を伸ばしそうになるのをなんとかこらえ、孫右衛門は軽く咳払《せきばら》いをした。

「正しく申せば、薬種を生業にしている家に生まれたということにございます。とうの昔に潰《つぶ》れてしまいましたが、小玉屋《こだまや》という薬種問屋の四男坊でございました」

ずんずんと痛みが激しくなってゆく。このままでは、額やこめかみに脂汗が浮くのではないか。だが、汗は気持ちで抑え込むことができるものだ。孫右衛門は自らに気合を込めた。

「うむ、その話は前にも聞いたことがあるな。――四男坊では行く末に見込みがないと小玉屋に見切りをつけ、富山を離れて江戸に出たということだな」

弾正に孫右衛門の異変に気づいた様子はない。胃の腑の痛みは峠《とうげ》を越えたようで、徐々に体が楽になってゆく。

これなら大丈夫だろう。孫右衛門は心うちで安堵の息をついた。

「さように聞いております」

「浜田屋、顔色がよくないぞ。どうかしたか」

「いえ、なんでもございません」

笑みを浮かべて、孫右衛門は首を左右に振った。

「ならばよい」

脇息から体を離し、弾正が新たな問いをぶつけてきた。

「江戸に出てきた孫兵衛が浜田屋をはじめたのだったな」

「さようにございます」

「ただし、孫兵衛の代には商売はさして太らなかった。それをおぬしが一気に大きくしたということだったが、まちがいないか」

「はい、まちがいございません」

この俺の素性について、と孫右衛門は思った。弾正はなにかつかんだのか。だから、こんなにしつこくきいてくるのか。

実際のところ、浜田屋に父は関係していない。十二年前に孫右衛門一人で浜田屋を創業し、二十人もの奉公人を使う店に育て上げたのである。

「浜田屋、もう一度聞くが、おぬし、四十であったな」

わずかに身を乗り出し、弾正がしげしげと孫右衛門を見ている。

「さようにございます」

「ふむう、わしより十八も若いか。うらやましいの。わしなど体にだいぶがたがきておる。浜田屋、若返りの妙薬はないか」

「若返りの妙薬でございますか。古来よりその手の薬は大勢の者が探し求めてまいりましたが……」

「手に入れた者は一人もおらぬか。――なに、冗談に過ぎぬ。まじめに考えずともよい。若返ったところで、また御家の台所の立て直しをやらされるのはかなわぬ。ところで浜田屋、鯖江《さばえ》へ行ったことはあるのか」

鯖江は越中と同じ北陸道の越前《えちぜん》にあり、譜代の間部《まなべ》家が治めている。五万石の知行を誇っているが、城はなく、間部家の当主は陣屋で過ごしている。鯖江を名産としているような地名ではあるが、実際には海に面しておらず海まで五里（約一九・六キロメートル）近くあるという。

「申し訳ございません」

眉を八の字にし、孫右衛門は深くこうべを垂れた。

「間部さまには、いえ、長尾さまには返しきれないほどのご恩をいただいているにもかかわらず、手前はまだ一度も訪ねたことはございません」

「なに、行ったところでなにもないところよ。忙しいおぬしが行ってもつまらぬ。――浜田屋、おぬし、姓はなんという」

いきなりそんな問いを弾正が発した。微笑して孫右衛門は首を横に振った。

「手前は一介の商人でございます。姓はございません」

「いやいや、商人に限らず百姓でも、公に使っておらぬだけで先祖代々の名字を持つ者は少なくないではないか」

「それでしたら、確かにございます。馬場《ばば》と申します」

「ほう、馬場というか。初めて聞いたの」

開いた障子のあいだから、手入れが行き届いているとはいいがたい庭が見えている。そちらに顔を向け、弾正は馬場という姓に心当たりがないか考えている風情だったが、やがてあきらめたように小さく息を吐いた。

「まあ、よい」

口元を引き締め、弾正が孫右衛門に厳しい目を向ける。ついに本題に入るのだ、と孫右衛門は感じた。

強い調子で弾正がたずねてきた。

「浜田屋、聞いておるか」

なにをでございましょう、とは孫右衛門はきき返さなかった。

「聞いております。大勢の死人が出ているそうにございます」

「その通りだ」

いまいましげな顔で弾正が首肯する。

「浜田屋、なにゆえこのような仕儀になったと思う」

眉根を寄せ、孫右衛門は唇を嚙み締めてみせた。

「こちらに来る道すがら、手前なりにいろいろと考えてみました。しかし、正直なところ、さっぱりわけがわかりません」

「わしにもわからぬ」

弾正がうなるような声を出した。

「防麻平帰散《ぼうまへいきさん》は、おぬしのいう通りにつくったのだ。死者が出るような配合ではない」

その言葉に孫右衛門は深くうなずいた。

「つくりに関しまして、手前は皆さまをじかに指導させていただきました。長尾さまのおっしゃる通り、防麻平帰散には毒の類《たぐい》など入っておりません。まさか死人が出るとは、思いもいたしませんでした」

口をゆがめた弾正は無言のままでいる。

「ですので、多くの死人が出たことと防麻平帰散は関係ないのではないか、と手前は考えております」

「多分そうなのであろう」

ほっとしたように弾正が点頭する。

「だが浜田屋、もはや切り上げ時かもしれぬ。死者と防麻平帰散は関係ないと申しても、公儀はそうと見ぬ」

「おっしゃる通りでございましょう。もはや、手じまいにしたほうがよろしゅうございましょうな。商売は引き際が最も大事にございますので」

うむ、といかにも満足そうに弾正が首を縦に動かした。

防麻平帰散のおかげで、と孫右衛門は考えた。間部家は十分すぎるほど儲《もう》けたはずだ。他の大名以上に苦しい台所事情も、少しは改善されるのではないだろうか。

――次にこの上屋敷を訪れるときは。

そう思って、孫右衛門は畳に手を触れた。これも新しいものに替えられているかもしれない。

いや、無理だろう。

間部家にそこまでの時は与えられないのではあるまいか。

二

一条の白い筋が迫ってくる。

それが白刃であると気づくのに、山内修馬《やまうちしゅうま》は数瞬の間を要した。すでに白刃は眼前まで迫っている。

——何者っ。不意打ちとは卑怯《ひきょう》なりっ。

叫んで左に動き、修馬は斬撃《ざんげき》をかわした。強烈な斬撃が右肩をかすめるように通り過ぎてゆく。鬢《びん》のあたりをかすられたらしく、髪の毛がはらはらと落ちていった。

やりやがったな。

怒りがわき上がってきた。えい、と気合を発して抜刀し、修馬は相手に向かって思い切り踏み込んだ。

真剣でやり合うのは全身が一気に冷えきるほど怖いが、戦いというのは臆《おく》したほうが負けと決まっている。技量で劣っていても、胆力でまされば、勝ちを呼び込める。

正直、修馬は剣術に自信があるほうではない。である以上、肝っ玉の太さで負けるわけにはいかないのだ。

膝《ひざ》を曲げて体勢を低くした修馬は、胴に刀を振っていった。

こやつは、この俺を狙《ねら》ってきやがった。思い知らせてやる。容赦する気は一切ないぞ。

胴への斬撃を受けて、相手が死んでもかまわなかった。

ぐん、と一伸びした修馬の愛刀が敵の腹を斬《き》り裂こうとする。だが、寸前で敵は後ろに跳ね飛んでよけてみせた。

修馬の刀が空を切る。

味な真似《まね》を。こいつ、けっこうやりやがるな。いや、そうではなく、やはり俺の腕が足りぬだけか。

修馬に徳太郎《とくたろう》ほどの腕前があればちがうのだろうが、それは望むべくもない。

すぐさま刀を引き戻し、修馬は敵の攻撃に備えた。敵は機に乗じてこず、突っ立ったまま修馬を観察するように見ている。

目の前に立つ男の顔が、修馬の目にはっきりと映り込んでいる。

「時造《ときぞう》……」

信じられず、修馬は呆然《ぼうぜん》としたつぶやきを漏らした。

もうやる気がないのか、刀を鞘《さや》におさめた時造がにやりとする。この男らしからぬ、どこか下卑た笑いだ。

「きさま、時造ではないな。何者だっ」

怒鳴るや、修馬は再び突っ込もうとした。

そのようなことはどうでもよいではないか、といわんばかりに軽く首を振った男が、くるりときびすを返した。だん、と勢いよく土を蹴《け》る。ただそれだけで、すでに男は五間（約九メートル）先を走っていた。

——なにっ。

信じられない動きだ。軍記物に出てくる忍びというのは、こんな感じなのだろうか。

待てっ。修馬は追いすがろうとしたものの、もはやどうすることもできない距離が、男とのあいだにできていた。

くそう。

修馬は立ち止まり、男を見送るしかなかった。いや、見送るもなにも男の姿はもう見えなくなっている。一瞬で消え失《う》せた感じだ。

頭上で、つがいらしい雀《すずめ》の鳴き声がしている。うるさいぞ、と修馬は八つ当たりしそうになった。

見上げてみたが、雀などどこにもいない。いったいどこで鳴いているのか。

はっとし、修馬はぱちりと目を開けた。薄暗い天井が視野に入る。

──夢だったか。

すぐさま布団の上に起き上がり、目をこすって修馬は部屋の中を見回した。隙間《すきま》だらけのこの建物には、日の光が筋となり、至るところから入り込んでいる。六つ半（午前七時）という頃合だろうか。眠気はほとんどない。たっぷり眠った感がある。

やはり夜具はよいな。眠りの質がずいぶんちがう。

この部屋に越してきた当初、修馬は夜具を持っていなかった。闇《やみ》の両替商をはじめたことで得た金で、敷布団だけを購《あがな》ったのである。掛布団は、山内屋敷で暮らしていたときにも使ったことがなく、今も必要は感じていない。しかもまだ夏の暑さが続いているのだ。

この建物が隙間だらけなのは仕方ない。なにしろ、隣の小料理屋太兵衛《たへえ》の女将《おかみ》から物置を借りて起居しているのだから。

四畳半ほどの広さのうち、畳が敷かれているのは二畳だけだ。あとは三和土《たたき》で、硬い土が広がっている。

外で、雀がかしましく鳴いている。餌《えさ》でもついばんでいるのだろう。

ふむう、とうなり声を上げ、修馬は腕を組んだ。まだ盛夏といっていい時季だが、朝方はだいぶ涼しくなってきている。秋は確実に近づきつつあるのだ。

――この前、俺は襲われたばかりだ。そのことは忘れようとしても、決して忘れられるものではない。心に溝としてくっきりと刻み込まれているのだ。だから、今のような夢を見たのに相違ない。

俺を襲ってきた男は、本当に時造にそっくりだった。

――あれは時造なのか。

いや、そうではあるまい、と修馬は心中で首を振った。

あの親切で誠実な男が、俺を襲うわけがないではないか。あの男はうわべだけ、そう見せているわけではない。常に真心をもって俺に接してくれている。時造の丹心は紛れもなく本物だ。芝居などではない。

夢に出てきた男の下卑た笑いを、修馬は思い出した。

そう、あの笑いは時造に似つかわしくない。俺を襲ってきたのは、顔が時造とうり二つの男に過ぎまい。

だとしたら、あの男は何者なのか。時造と無関係なのか。赤の他人の空似なのか。あれだけ時造に似ているということは、やはり時造となんらかの関係がある者なのではないか。

少なくとも、時造の血縁ではないか。

血縁にもかかわらず、この俺の敵と味方に分かれているのか。

今はそうだとしか考えられない。

あの時造似の男は、なにゆえこの俺を襲ってきたのか。

俺が偽金づくりの者たちの正体を暴くために探索にいそしむことを気に入らぬ者が、この世に確実にいるということだけは、はっきりしている。そういってよいのではないか。

俺が襲われたことを、時造は知っているのだろうか。

どちらでもかまわぬ。今度、時造と会ったら、問いただしてみることだ。

いや、それとも時造に会いに行くか。機会を待つよりもそのほうがいいだろう。

よし、行くか。

立ち上がろうとしたが、修馬は時造の居場所など知らないことを思い出した。なんたる間抜けぶりか。おのれの愚かさにあきれるしかない。

不意に修馬は空腹を覚えた。昨夜はあまり大した物を食べておらず、胃の腑はとうに空っぽのようだ。なにか腹に入れたい。

なにがよいかな。腹がくちくなるのであれば、なんでもかまわぬ。

隣の太兵衛が朝からやっていればよいのだが、店が開くのは夕刻近くになってからである。酒を飲ませる小料理屋だから、その点について文句はいえない。独り者が多い江戸の男たちのために、朝早くから開いている飯屋は、界隈《かいわい》にいくらでもある。

立ち上がり、狭い部屋の中で修馬は着替えをはじめた。身なりをととのえ、土間の雪駄《せった》を履いた。心張り棒を外し、板戸に手をかけようとした。

その板戸が、いきなり乱暴に叩《たた》かれた。ぎくりとして、修馬の手は中途で止まった。

先ほどの夢が頭をよぎる。だが、もし板戸の向こうにいるのが刺客ならば、戸を叩くような真似はしないだろう。とうに板戸は蹴倒されているはずだ。

「修馬――」

甲高《かんだか》い声が外から呼びかけてきた。その声を耳にして、なんだ、と修馬は胸をなで下ろした。

「おい、修馬、そこにおるのだろう」

「徳太郎だったか」

板戸を叩かれただけで、肝が縮み上がったことを修馬は恥じた。手を伸ばし、板戸を滑らせようとした。だが、建て付けが悪く、すんなりと横に動いてくれない。

「ちと、こつがいるんだ」

ぐいっと持ち上げて傾けることで、ようやく板戸が開いた。

端整な顔立ちをしているのに、今日の徳太郎はなぜかいかめしい面つきをしている。

なにかあったということだろう。

もしや美奈《みな》の身になにか起きたということはないか。いや、そうではないと修馬はすぐさま断じた。

もし妹に危害が加えられるようなことがあれば、徳太郎はこんなに落ち着いてはいられないはずだ。美奈のことを、この世で最も大事に思っている男なのだ。

「どうした、徳太郎。ずいぶん早いではないか。こんなに早起きだったか」

徳太郎の気持ちを和らげるために、修馬は軽口を叩いた。

「俺は季節に関係なく、いつも七つ（午前四時）前に起きておる。寒かろうが暑かろうが、常にだ。修馬、もう五つ（午前八時）近いのだ。早くもなんともない。――入ってもよいか」

修馬をまっすぐに見て徳太郎がきく。

「むろん」

うなずいて修馬は後ろに下がった。一礼して徳太郎が土間に足を踏み入れる。

「相変わらずくさいな」

徳太郎は鼻をくんくんさせている。

「ならば、外に出るか」

「そうしたほうがよかろうな。くさいのは嫌いだ」

「男が一人で暮らしていれば、そこに誰が住んでいようと必ずくさくなる。徳太郎も一人暮らしをしてみれば、きっとわかる。同じようにくさくするに決まっている」

「俺はくさくなどせぬ」

断固たる口調で徳太郎がいう。

「俺はきれい好きだからな。おぬしは、ろくに掃除もせぬからくさいのだ。窓を開けて、風を少しは入れてやれ。さすれば、この部屋も喜ぶぞ。もっときれいにしてくれと、悲鳴を上げているではないか」

いわれて修馬は部屋全体を見渡した。確かに掃除が行き届いているとはいい難い。

「ふむ、そういうものかな」

「そういうものだ」

「わかった。できるだけ掃除はすることにしよう。風も入れ替えよう。――徳太郎、ところで、朝飯は食べたか」

「いや、まだだ」

「ならば、つき合わぬか」

一瞬、徳太郎が考え込む。

「できればすぐに話をしたいところだが、腹が減ってはろくに頭も回らぬだろうな。ふむ、よかろう、つき合おう」

そうはいったものの、徳太郎の顔には少し焦りの色があるようだ。いったいなにがこの男に起きたというのか。

「徳太郎、飯は後回しでもよいぞ」

「いや、かまわぬ。食べようではないか。正直なところ、俺も空腹でちとつらいものがある」

「美奈どのはつくってくれなかったのか」

「妹はつくるといったが、俺が断った」

それだけ急ぎの用件ということだろうか。

「徳太郎、なにか食べたいものはあるか」

「俺はなんでもよい」

「ならば、納豆に玉子でいいか。むろん、飯と味噌汁《みそしる》つきだ」

「もちろんだ。朝からそんな贅沢《ぜいたく》をしてよいのか、というくらい豪勢ではないか」

刀架から刀を取り、腰に帯びた修馬は外に出た。『よろず調べごといたし候』と墨書された看板を、徳太郎がしげしげと見ている。

「徳太郎、看板がどうかしたか。初めて見るわけでもなかろう」

「修馬、この看板の文面に偽りはないな」

ぎろりと目を動かして、徳太郎が確かめてくる。

「当たり前だ」

答えながら、ということは、と修馬は思った。徳太郎はなにか調べ事があるということか。あるいは、頼み事かもしれない。ともかく、飯屋で聞けばよかろう。

「よし、行こう」

徳太郎に声をかけ、修馬は肩を並べて歩きはじめた。

半町（約五四・五メートル）ほど行ったところで、葬列と行き合った。白い着物を着た人たちとすれちがう。仏が誰なのかわからないが、棺桶《かんおけ》は子供用のものに見えた。

いま江戸で流行《はや》っているはしかにやられたのかもしれない。

子というのは七つまでは神からの授かり物とされ、無事に育つかどうか、天の意思次第といわれるほど死ぬことが多いが、やはり幼い子の葬列に出会うと、気持ちがどうしようもなく重くなる。それに加えて、自分の運のよさを考えざるを得ない。よくこうして大人になれたものだ、と。

棺桶に向かって両手を合わせた徳太郎も、真剣な顔で葬列を見送っている。

葬列が見えなくなってから、修馬たちは再び足を進めはじめた。二度、角を曲がったところで修馬は足を止めた。

「ここだ」

好志多《よしだ》と記された招牌《しょうはい》が路上に置かれている。軒先にかかった紺色の暖簾《のれん》をあおるように、魚を焼いているらしい煙が店内から勢いよく出てくる。

「ふむ、いいにおいだ。一膳飯屋《いちぜんめしや》だな」

またも鼻をくんくんさせて徳太郎がいう。

「ここはうまいぞ。徳太郎、期待してもらってけっこうだ」

「この店がうまいのは一目瞭然だな」

徳太郎の目は、店の中に向けられている。

十畳ほどの広さの土間に置かれた五つの長床几《ながしょうぎ》は、すべてふさがっている。あとは四つの小上がりと八畳の座敷があるが、そこもほぼ人で埋まっている。

修馬と徳太郎が土間に立ったのを見て、右側の小上がりの三人連れが立ち上がり、場所を空けてくれた。

「すまぬな」

修馬は男たちに声をかけた。

「なに、当たり前のことですよ」

一人がにこりと笑って、小女に勘定を払う。三人は職人のように見える。なにをつくっている者かわからないが、これから職場に向かうのだろう。

修馬と徳太郎はありがたく小上がりに座を占めた。にこにこしながらやってきた小女に、修馬は注文した。

「おくみちゃん、いつものを二つ頼む」

「ありがとうございます」

盆の上の湯飲みを、おくみは修馬たちの前に丁寧に置いた。それから厨房《ちゅうぼう》に注文を通しに向かった。

「それで、話というのは」

熱い茶を喫して修馬は、徳太郎にすぐさま水を向けた。

「クロを捜してほしい」

修馬の顔をじっと見て徳太郎がいう。

「なんだ、そのクロというのは」

「柴犬《しばいぬ》だ」

「俺に柴犬を捜せというのか」

「むろん俺も一緒に捜す」

「一緒に捜すというが、おぬし、道場はどうするのだ」

「おぬしを訪ねる前に道場主に会ってきた。今日は休ませてもらう」

「手回しがいいな。しかし、なにゆえ俺が犬捜しをせねばならぬ」

「元徒目付《かちめつけ》だろう。探索に慣れているではないか」

「犬捜しは、一度もしたことがないぞ」

「そうであろうとしても、おぬしなら、必ずクロを見つけられる。辣腕《らつわん》の徒目付だったのだろう」

辣腕という言葉は、実に響きがいい。修馬は否定する気にならなかった。

「それはそうだがな……」

「修馬、そんな煮え切らぬいい方はせんでくれ。なっ、クロを見つけてくれ。頼む、この通りだ」

畳に両手をそろえ、徳太郎が深々と頭を下げる。ただ柴犬を捜すだけというのに、徳太郎はずいぶん必死だ。まるで生死がかかっているかのようである。

「顔を上げてくれ。——徳太郎、そのクロというのはおぬしの飼犬なのか」

「ちがう。おともの飼犬だ」

「おともというのは」

「ちょっとした知り合いだ」

「そのちょっとした知り合いに、おぬし、飼犬を捜してくれるように頼まれたのか」

「そういうことだ」

きりっとした顔をしている上に、剣の腕も立つ。それゆえ徳太郎は女にもてるはずだ。おともという女にも、きっと惚《ほ》れられているのではないか。

いや、その逆だろうか。徳太郎のほうがおともに惚れているということも考えられる。だからこそ、クロ捜しに必死になっているのではあるまいか。

「そのおともから、おぬしにクロ捜しの代は出るのか」

「出るわけがない」

当たり前だろう、というように徳太郎が答えた。まあそうだろうな、と修馬は思った。惚れた女から金は取れまい。

お待たせいたしました、とおくみが二つの膳を重ねて持ってきた。膳を修馬と徳太郎の前に静かに置く。

「こいつはうまそうだ」

膳を見て徳太郎が目を輝かせる。

「本当にうまいぞ。話の続きをする前に、やっつけちまおう」

玉子は割られて小鉢に入っている。納豆の小鉢には、辛子《からし》と葱《ねぎ》がたっぷりと添えられている。あとはご飯と味噌汁、たくあんである。

箸《はし》を取った修馬はまず玉子をかき回し、その上に醤油を垂らした。次に辛子をなすりつけた納豆をかき混ぜて粘りけを出し、それを玉子の中に入れた。箸で、熱々のご飯の真ん中に穴を開ける。

「いつも思うのだが――」

小鉢を手に修馬は徳太郎にきいた。

「これは納豆入りの玉子なのか。それとも、玉子入りの納豆なのか」

徳太郎が修馬の小鉢にちらりと目をやる。

「どちらが主役かを考えれば、おのずと答えは出よう。おぬしが、玉子こそ主役だと思えば納豆入りの玉子だ」

「ならば、俺は納豆入りの玉子だな」

「そいつは珍しいのではないか。俺は玉子入りの納豆だ」

修馬は玉子と納豆をご飯の上にかけ、それを一気にかっ込んだ。

「うーむ、うまい。幸せの極みというのは、まさにこういうことをいうのだな」

「相変わらず大袈裟《おおげさ》だな」

あきれたようにいって、徳太郎も食しはじめた。飯をかっ込みはせず、いかにも上品そうに食べている。

「ふむう」

目をみはって徳太郎がうなり声を上げる。

「こいつはすごい。いつも食べている玉子とは、こくがまるでちがう」

「な、そうだろう」

箸を止め、修馬は笑いかけた。

「玉子というのはだいたいこくがあるものだが、ここの玉子はよそのとはひと味もふた味もちがうのだ。ゆえに、俺は納豆入りの玉子といったのだ」

「玉子だけではない。納豆も実にうまいぞ。えもいわれぬ旨《うま》みが口の中に広がってゆく。これは飯が止まらぬ」

我慢できなくなったのか、徳太郎が飢えた犬のようにがっつきはじめた。

「徳太郎、俺がこの店を贔屓《ひいき》にする理由をわかってくれたか」

「わからぬほうがどうかしておる」

そのあいだも徳太郎の箸は止まらない。

修馬と徳太郎はあっという間にすべてを平らげた。最後に、豆腐とわかめの味噌汁を飲み干す。

「ああ、うまかった」

修馬は味噌汁の椀《わん》を膳の上に戻した。満足という言葉しか頭に浮かんでこない。

しかし、とすぐに修馬は思った。はしかで幼くしてはかなくなってしまう者は、こんなにうまい物を知ることがないままにあの世に連れ去られてしまうのだ。生きていればいろいろと楽しいことがあるのに。

来世は幸せに生まれついてくれ。そして、楽しいことを数えきれぬほど経験してほしい。

「――どうかしたか、修馬」

徳太郎の声が頭に入り込んできて、修馬は顔を上げた。

「いや、ちと考え事をしていた」

「なにか深刻なことか」

「いや、はしかがいま流行っておるだろう。そのことを考えていた」

「ああ、最近は荼毘《だび》の煙が絶えることがないな。かわいそうに」

徳太郎はいたましそうな顔つきだ。

「まったくだ。――徳太郎、どうだ、食べに来てよかっただろう」

修馬はことさら明るい声を発した。うむ、と徳太郎がうなずく。

「修馬、おぬし、毎日こんな朝餉《あさげ》を食しておるのか」

徳太郎はうらやましそうな表情である。

「まあ、そうだ」

背筋を伸ばし、茶をじっくりと味わってから修馬は答えた。茶をじっくりと味わえるのも生きているからこそだ。

「徳太郎、美奈どのは、おぬしのために毎朝、朝餉をつくってくれるのではないか」

「むろんつくってくれるが、ここほどうまくはない」

「それは仕方なかろう。この店のあるじは、客に飯を食べさせることを生業にしているのだ。玉子や納豆も、選び抜いた物を使っているはずだ。一度でもここの朝飯を食べさえすれば、必ず常連になることを知っているのだな」

「俺も近所にこのような店がほしい」

「探せばきっと見つかろう。――徳太郎、長居は無用だ。出るぞ」

店先に、席に空きが出ないか待っている者が何人かいるのだ。雪駄を履いた修馬は、ご馳走《ちそう》さま、といっておくみに二人分の勘定を支払った。

自分の分を出そうと、徳太郎が財布を手にしている。

「徳太郎、奢《おご》りだ」

外に出て修馬は徳太郎に告げた。

「よいのか」

「むろんだ。うまい割に安価な店だから、俺の懐もさして痛まぬ」

「助かる。だが、次は必ず俺が奢ろう」

「それでよい。――徳太郎、歩きながら話をするか」

「そうだな。腹ごなしになってちょうどよい。うまい物を食べさせてもらって、俺は元気が出てきたぞ。必ずクロが見つかるという確信が今はある」

「きっと見つかるさ」

風がゆるやかに吹く中、二人は肩を並べて歩きはじめた。江戸の町は、どこから出てきたのか、と思えるほどの人であふれている。はしかが流行り、世間はどこか沈んだ感じがあるが、人々の顔は暗い世相を吹き飛ばそうとするかのように明るい。

「クロ捜しを請け負った場合、俺にも労銀は出ぬのだな」

「ああ、そういうことになる」

徳太郎が済まなそうにいう。

これまで修馬は徳太郎には世話になっている。義理がある。たかが報酬がないくらいで、徳太郎の頼みを断ろうなどという気はない。

「それにしても徳太郎、おぬし、ずいぶん張り切っているようだが、それはおともという女に関係があるのか」

「まあ、そうだな」

「おともというのは何者だ」

「なに、美奈のところの手習子《てならいこ》だ」

なんでもないことのように徳太郎がいった。徳太郎の妹の美奈は、女の子専門の手習所を開いている。

「手習子だと。歳《とし》は」

「十一だ」

きかれることを予測していたかのように、徳太郎が即答した。

あっけにとられ、修馬は足を止めた。当たり前のことだが、十一のおなごでは、金など取れるはずがない。

「おぬし、まさかそのおともという十一のおなごに惚れているのではあるまいな」

なにっ、といったきり徳太郎が言葉に詰まり、赤くなった。図星だったか、と修馬は思った。

「ば、馬鹿をいうな」

「ならば、なにゆえ赤い顔をしている」

「もともと俺の顔は赤いのだ」

どこの生まれか知らないが、徳太郎はむしろ雪のような白い肌をしている。

腕組みをし、修馬はしばらく徳太郎の横顔を見つめていた。考えてみれば、江戸には十二や十三ほどの若い娘を妾《めかけ》にしているような男はいくらでもいる。徳太郎が特別というわけではない。

「そのクロだが、いつからいなくなった」

気を取り直して修馬はきいた。

「昨日の朝は家の近くにいたそうだ」

ほっとしたように徳太郎が答える。

「おともが手習所に行くとき、一緒についてきていたらしい。昨日手習所で別れて以来、クロは帰ってこぬそうだ」

そうか、と修馬はいった。間を置くことなくすぐさま徳太郎に告げる。

「わかった、手を貸そう」

「かたじけない。うれしいぞ、修馬」

喜びのあまり、徳太郎は修馬の手を両手でぎゅっと握り締めてきた。

「今朝、おともに涙ながらに頼まれたものの、正直どうすればよいか、俺は途方に暮れていたのだ。修馬、感謝する」

「ありがたいのはよくわかったが、徳太郎、痛いぞ」

顔をしかめて修馬はいった。

「ああ、すまぬ」

徳太郎があわてて手を放す。ふう、と修馬は息をつき、再び歩き出した。

「では改めてきくが、クロは黒い柴犬なのだな」

「そうだ。三歳で雄《おす》、背丈はこのくらいらしい」

歩を運びつつ徳太郎が地面の上に手のひらをかざしたのを、修馬はちらっと見た。

「一尺四寸（約四二・四センチ）くらいだな。特徴はないのか」

「全身が黒く、顔も黒いが、口のまわりと目の上だけは白いそうだ」

「ほかには」

「細身で賢そうな顔をしているそうだ。顔はどこか狐に似ているらしい」

「狐を見たことは一度もないな」

「それから、とにかく食いしん坊だそうだ」

「好物はあるのか」

「これといってないそうだ。手当たり次第になんでもがつがつ食らうらしい。この前は、石をのみ込んだとのことだった」

「石をな。それだけ食いしん坊なら、餌で釣るという手もあるかな。クロだけでなく、柴犬はなにが好物なんだろう」

「さあ、俺は知らぬ」

「おともは、クロになにを食べさせていたのかな」

「残り物らしい」

「そうだろうな」

「――そうだ。うちの近所に柴犬を飼っている家があるが、そこのフクは味噌汁がことのほか好きらしいぞ」

「ほう、味噌汁か」

「フクは雌《めす》で、色は茶色だが」

少し考えてから、修馬は新たな問いを口にした。

「クロは人を嚙むのか」

「やんちゃだが、意外におとなしいらしく、嚙みつくようなことはないそうだ」

「賢い顔つきをしているとのことだが、かわいいのだな」

「とんでもなくかわいいらしい」

「それはおともがいったのか」

「そうだ」

飼主にとっては、どんな不細工な犬でも、この世で一番かわいいものだ。

「おともは、最近クロのまわりで不審な者を見かけたようなことをいっていなかったか」

むっ、と徳太郎が目を上げて修馬を見る。

「修馬、クロが何者かにかどわかされたかもしれぬというのか」

「黒い柴犬は、茶色の柴犬に比べてだいぶ少なかろう。あまり見かけぬからな。柴犬に好事家《こうずか》というのがいるのか知らぬが、そういう者に、かわいらしい顔をしたクロがかどわかされたことも考えられぬではない」

「ふーむ、好事家か。聞いたことはないが。もしクロがかどわかされたのだとしたら、捜し出すのは容易なことではないな」

「とにかく、地道に聞き込んでゆくしかあるまい」

「では、まずはおともの家の近くに行き、そこから捜したほうがよかろうな」

「いや、そちらは行かずともよい」

「なにゆえ」

「家の近所はおともが捜し回っているはずだからだ。家人も一緒かもしれぬ」

「そうか、そうだな。おともたちと同じところを捜しても、意味はないか。では、どこを捜す」

きかれて修馬は考えに沈んだ。

「犬は朝と晩の二食でいいと聞いたことがあるが、本当に昼餉は食わぬのか」

「食わぬのではないかな」

「クロは、つながれて飼われているわけではないのだな」

「ああ、よその犬と一緒だ。家のまわりで自由にいつも遊んでいたようだ」

「食いしん坊で石をのみ込んでしまうような犬ならば、朝食べて夜までなにも腹に入れぬことなど、果たしてできるのか。とても我慢できるものではないのではないか。

クロには、よく餌をくれる食い物屋でもあったのかもしれぬ」

「なるほど。ならば、食い物屋にクロの消息を訪ね歩くのがよいか」

「それがいいような気がするな」

徳太郎を連れ、修馬は手当たり次第に食い物屋の聞き込みをはじめた。

実際に、クロに残り物をやっている店は何軒か見つかった。だが今日は、いずれの店にもクロはまだ来ていないそうだ。

それでも、あきらめることなく修馬と徳太郎はクロ捜しを続けた。

修馬たちは麹町《こうじまち》七丁目にやってきた。

「確か、その路地を入った先の通りに、ももんじ屋があったな」

修馬は、左手に口を開けている狭い路地を指さした。

「なるほど、犬は獣の肉が好きそうだな。クロもよく来ていたかもしれぬ」

家が建て込んでひどく暗い路地に足を踏み入れた途端、なんともいやなにおいが漂ってきた。なんだこれは、と修馬は足を止めた。ももんじ屋からのにおいか。

「そこになにかいるぞ」

徳太郎が、二間ほど先の路上を見つめている。修馬も見やった。

そこには黒い物が力なく横たわっていた。

「柴犬ではないか」

修馬は足早に近づき、ひざまずいた。

「なんてことだ」

黒い柴犬は腹を裂かれていた。そこから血がどろりと流れ、地面を赤黒く染めていた。はらわたも引きずり出されたように出ており、すでにおびただしい蠅《はえ》がたかっていた。

「ク、クロか」

死骸《しがい》をじっと見て、震える声で徳太郎がきく。呆然としており、今の言葉もなんとか喉《のど》の奥からしぼり出したという感じだ。

「わからぬ」

修馬はそう答えたものの、クロでまちがいないのではないか、という気がした。

「許せぬ」

犬のそばにしゃがみ込んだ徳太郎が声に怒りをにじませた。握り締めた右の拳《こぶし》がぶるぶる震えている。

修馬も激しい憤りを覚えた。このような真似《まね》をした者を、思い切り殴りつけてやりたい。犬とはいえ、人と同じように命があるのだ。こんな残虐な真似をしていいはずがない。

天下の悪法として知られる、生類憐《しょうるいあわれ》みの令の時代なら確実に死罪である。死罪にしてもいい、と修馬は思った。

「だいぶかたくなっているな」

犬の死骸にそっと手を触れた徳太郎がつぶやく。

「これで、死んでからどのくらいたっているのだろう。半日近くはたっているのかもしれぬ」

「半日か」

独り言のようにいって修馬は考えた。

「徳太郎のいう通りだろう。クロは昨日の夜、おともの家に帰ってこなかった。そのときには、すでにここで殺されていたのだ」

——昨晩から、ずっとここに放置されていたのか。かわいそうに。

修馬は犬のために合掌した。

「いったい誰がなんのためにこのようなことをしたのだ」

怒りの籠《こ》もった声を徳太郎が発する。修馬は目を開けた。

「俺もそれは考えた。これがクロかどうか、まだわからぬが、食いしん坊の犬になにか大事な物をのみ込まれたというのが最も考えやすいな」

「その大事な物を取り戻すため、腹を裂いたというのか」

「あるいは、そうではなく、犬に残虐な真似をしたがる者が、この江戸の町にいるということかもしれぬ」

「そういえば、以前、刀の試し斬りを犬で行うことが流行ったな」

「この犬は――」

目を凝らして、修馬は犬の様子をじっくりと見た。

「刀で殺されたわけではないな。頭から血を流し、右目が潰《つぶ》れている」

「何度も殴られたのか」

「木の棒かなにかだろうな。――これか」

右手の建物の塀際に一本の棒が落ちていた。修馬はそれを拾い上げた。血がついている。

「まちがいない。下手人はこれでこの犬をさんざんに打擲《ちょうちゃく》して殺してから、刃物で腹を裂いたのだ」

もしこれが、と修馬は思った。性格のねじれた者の仕業で、犬を殺してはらわたを引きずり出すようなことに快感を覚えるのだとしたら、いずれその矛先は人に向かわないといいきれるだろうか。

今はそのことは考えずにおこう、と修馬は断を下した。とにかくまずは、この犬がクロかどうかを知らなければならない。

「徳太郎、おともを呼んできてくれぬか」

「おともに、これがクロかどうか確かめてもらうのだな」

「そういうことだ」

しばらく立ちすくみ、迷うような顔色をしていたが、意を決したように徳太郎がうなずいた。

「わかった、呼んでくる」

足早に路地を抜け、通りに出た徳太郎が走り出したのが見えた。

徳太郎が迷うのも無理はない、と修馬は思った。誰だって、飼犬かもしれない犬の死骸を、飼主の目に触れさせたくはない。どんなに悲しむものか。惚れたおなごが飼主だとしたら、なおさら見せたくないだろう。

——最悪だな。

ため息をついて、修馬は再び犬の死骸に目を向けた。

かわいそうに。

――成仏してくれよ。いや、それは無理か。おぬしもまさかこんな目に遭うなど、思ってもいなかっただろうからな。必ず仇《かたき》は取ってやる。約束する。

徳太郎はなかなか戻ってこない。

おそらく、おともが見つからないのだろう。

今日おともは、まず手習所には行っていない。クロを捜して、心当たりを片端から当たっているに決まっているのだ。

どこにいるかわからない者を捜して、徳太郎はここに連れてこなければならないのだ。骨の折れる仕事としかいいようがない。

俺も一緒に行けばよかったか。いや、おともの顔すら知らないのだ。行ったところでなんの役にも立てまい。

なにかで時を潰せぬものか。

近くに将棋の会所でもないだろうか。下手の横好きとしかいいようがないが、将棋は性に合っている。

通りに出て、修馬はあたりを見渡した。界隈に会所らしい建物は見当たらない。

もっとも、もし本当に会所があったとしても、修馬に入る気はなかった。犬の無残な死骸を見たばかりで、その気になれない。必死に駆け回っているはずの徳太郎にも悪い。

じりじりと時が過ぎるにつれ、暑さが増してきた。朝のうちは雲に覆われ、太陽は姿を見せなかったが、今は真っ青な空が頭上に広がり出している。なにも邪魔するものがない陽射《ひざ》しは、大地や家並みを容赦なく焼きはじめていた。

地面からの照り返しを受けて、修馬の肌からも汗がにじみ出してきている。

修馬は陽射しを避けて、路地に移動した。路地は東側に建つ家の屋根にさえぎられてまだ日は射し込んでいないが、いずれ犬の死骸は息をするのも耐えがたいほどににおい出すだろう。

このままにしておくのは忍びなく、土中に葬ってやりたいが、おともがクロかどうか確認するまで勝手はできない。

日が高くなるにつれて人通りはさらに激しくなり、何人か路地を通り抜ける者が出てきた。路地の中も明るくなってきて、通り抜ける者はすぐに犬の死骸に気づくようになった。

顔や目をそむけて通り過ぎる者がほとんどだが、路地に所在なげに突っ立つ修馬の仕業だと、誰もが考えたのではあるまいか。修馬としては、いたたまれない。

――徳太郎、早く帰ってきてくれ。

通りに出て、修馬は西の方角を見た。しかし、徳太郎の姿は望めない。

代わって見えているのは、一筋の黒い煙である。つい先ほどまでは上がっていなかった。

あの下で、と修馬は思った。仏を焼いているのだろう。新たにはしかで死んでしまった子がいるのかもしれない。親御の悲しみはいかばかりだろうか。江戸中でかなりの子供が犠牲になっていると聞いている。

はしかに効く薬はない。だが、いつか著効を持つ薬が誰かの手によってつくり出されるにちがいない。

そんなことを考えていると、逃げ水の向こうに、小走りに駆けてくる徳太郎の姿が見えた。後ろに女の子が続いているのが知れた。

さすがに修馬は安堵の息を漏らした。

すぐに徳太郎たちの姿は大きくなり、修馬の前へとやってきた。

「徳太郎、ご苦労だったな」

近づいて修馬はねぎらいの言葉をかけた。

「いや、なんでもない。こちらこそ遅くなってすまなかった」

徳太郎の息はまったく弾んでいない。徳太郎は剣術道場の雇われ師範代でもあり、常に体は鍛えているはずだ。半刻《はんとき》（一時間）程度走り回ったくらいでは、びくともしないのである。

「これがおともだ」

ごくりと唾《つば》を飲み込んでから、徳太郎がかたわらに立つ女の子を紹介した。肩で息をしていたが、さすがに徳太郎が惚れただけのことはあり、おともは美しい顔立ちをしていた。どこか大人びている。背も高いほうだろう。十一には見えない。どこかの若旦那《わかだんな》のもとに嫁ぎ、すぐに子を産んでもいいくらいだ。

「おとも、こちらが山内修馬だ」

軽く顎を引いて修馬は名乗った。

「ともといいます」

硬い顔でおともが挨拶《あいさつ》してきた。呼吸はまだ荒く、顔もひどく赤かった。

「大丈夫か、おとも」

笑みを浮かべ、修馬は優しくきいた。

「はい、大丈夫です。クロに会わせてもらえますか」

「まだクロと決まったわけではないがな。——こっちだ」

重い足取りできびすを返し、修馬は路地に入り込んだ。後ろをおともと徳太郎がついてくる。

足音を聞く限り、おともは落ち着いているようだ。足が震えている様子はない。もっとも、それは必死に心を抑えつけている結果であろうことは、考えるまでもない。

「これだ。心して見てくれ」

立ち止まった修馬は、路上に横たわる犬の死骸を指し示した。

クロらしい柴犬の死骸を目の当たりにして、おともはさすがに息をのんだ。それでも目を離すことなく、じっと見ている。

ほっとしたように息をつき、おともが顔を上げた。修馬と徳太郎に目を向ける。

「これはクロではありません」

きっぱりとした口調で告げた。

「ええっ」

思いがけない言葉に、修馬は唖然《あぜん》とした。徳太郎も意外でしかなかったようで、目をみはっておともを見ている。

「どうしてクロでないとわかる」

すかさず修馬はたずねた。

「自分のかわいがっている犬です。クロかそうでないか、すぐにわかります」

「どのあたりがクロとちがう」

「まず、眉のように白くなっているところがちがいます。クロの毛は真っ白ですが、この犬のはかなり茶色が混ざっています。目の形もちがうと思います。それと、しっぽもちがっています」

少し踏み出して、おともが控えめに犬のしっぽを指さす。

「この犬のしっぽは、左巻きでしょう」

どこか怒ったような口調でおともがいった。だが、それは涙をこらえるためだと、おともの目を見て、修馬は覚《さと》った。おともは目に一杯の涙をためていたのだ。

おともから目を転じ、修馬は犬の死骸を見つめた。

「確かに左に巻いているな」

こらえきれず、おともが涙をこぼした。それを見て徳太郎がおともの頭をそっとなでた。

「クロは右巻きなんです」

涙をぬぐっておともがいう。

「犬によってしっぽの巻き方が異なるのか」

「そうです。二重に巻いている犬もいるし、巻かずにおしりのほうに垂れている犬もいます」

知らなかった。犬のしっぽなど、修馬はみんな同じだと思っていた。このあたりの注意力のなさが、徒目付を馘《くび》になった大きな理由かもしれない。

「この犬の飼主は今頃、一所懸命に捜しているのだろうな」

「ええ、きっと。——かわいそうに」

しゃがみ込み、おともが犬の体をいたわるようにさする。

「クロは無事かしら」

おともの声は沈んでいる。

無事に決まっている、と修馬は元気づけてやりたかったが、もしクロが死骸で見つかったらと思うと、滅多なことはいえない。

腹からなにかを取り出すために何者かがこんな真似をしたのだとして、目当ての物が見つからなかったとしたら、別の黒い柴犬が犠牲になるに決まっている。

黒い柴犬が何者かの大事な物をのみ込んでしまったために、このような惨劇が起きたとしたら、その何者かは取り戻すまで同じことを繰り返すだろう。石までものみ込んでしまうほどの食いしん坊のクロが、その大事な物をのみ込んでいないとは、さすがに考えにくい。

「葬ってやるか」

犬の死骸を見つめて修馬はいった。

「そうだな、このままにしておくのは忍びないものな」

悲しい目をして徳太郎が同意し、おともを見やる。

「おとも、葬ってやってよいか」

「もちろんです」

「どこがよいかな」

「あそこにお寺さんが――」

通りの向かいに、ずいぶんとこぢんまりとした寺が見えている。ちっぽけな山門は開いているが、かなり傷んでいるのがわかる。強い陽射しに焼かれている本堂の屋《や》根は傾き、いくつかの穴が空いて、そこから草が勢いよく伸びている。どうやら破れ寺のようだ。

「あそこなら、誰からも文句は出なそうだ」

犬の死骸に歩み寄り、修馬は軽々と抱き上げた。それを見て、おともが感嘆の眼差しを向けてきた。徳太郎も、大したものだ、といいたげな顔をしている。

通りを横切り、修馬たちは寺の山門をくぐり抜けた。その前に山門に掲げられた扁《へん》額《がく》を読もうとしたが、風雨にやられたのか、墨は薄くなって、なんと書いてあるのか、一字たりとも読めなかった。

近くで見ると、本堂の荒廃ぶりはすさまじいものがあった。次に嵐《あらし》に見舞われたら、一瞬で倒壊するのではあるまいか。

本堂の裏手に墓地が広がっていた。かなりの数の卒塔婆《そとば》が見えているが、ほとんどが倒れたり、朽ちたりしている。訪れる者など滅多にいないのだろう。

墓地近くの大木脇《わき》の土はやわらかく、深さ一尺ほどの穴を手で掘ることは、さして難しくはなかった。

犬の死骸を静かに横たえ、修馬は土をそっとかけてやった。徳太郎とおともも手伝う。

やがて犬の全身が地中に消えた。

「これを墓石にしてやるか」

位牌《いはい》ほどの大きさの石が、かたわらに転がっていた。それを拾い、修馬はできたばかりの土の盛り上がりに丁寧に立てた。両手を合わせ、名も知らない黒い柴犬の成仏を祈った。

ひざまずくようにして徳太郎もおともも目を閉じ、合掌している。

「これでよかろう。徳太郎、行くぞ」

立ち上がり、修馬はいざなった。

「ああ、まだ仕事が終わったわけではないな。——おともはどうする」

「クロを一緒に探してもいいですか」

おともが頼み込むようにいう。

「かまわぬ」

修馬は即答した。また黒い柴犬の死骸が見つかったとき、クロかどうかすぐに確かめてもらえるゆえ、という言葉はのみ込んだ。

破れ寺をあとにした修馬たちは、改めてクロを捜しはじめた。

そして四半刻《しはんとき》(三十分)後、また無残にも腹を裂かれた柴犬の死骸を見つけた。そこは、麴町四丁目にある小さな神社の裏手だった。

「クロっ」

叫び、おともが駆け寄った。

「クロっ」

犬の死骸を抱き寄せ、おともがおびただしい涙を流しながらほおずりする。

「かわいそうに、かわいそうに」

「おとも」

震える声で徳太郎が呼びかけた。

「クロでまちがいないのか」

おともは答えない。というより、徳太郎の声が耳に入っていないようだ。クロを強く抱き締めて、嗚咽《おえつ》していた。

これは確かめるまでもないな、と修馬は思った。覚悟していたとはいえ、最悪の結果である。

やがて、おともは号泣しはじめた。泣き声が蒸し暑さの中を響き渡ってゆく。

修馬にはかける言葉がなかった。徳太郎も声が出ない様子で、その場に立ちすくんでいる。

泣き声がわずかに小さくなった。おともの気持ちが少しは静まってきたのかもしれない。

それに気づいたか、徳太郎が一歩、踏み出した。

「おとも、必ずクロの仇を討ってやるからな」

敢然たる決意を面《おもて》にあらわして、徳太郎が告げた。

全身から怒りの炎が噴き出しそうな雰囲気がある。肌に触れれば、やけどするのではないか、と思えるほどだ。

今もし目の前にクロを殺した下手人があらわれたら、徳太郎は一刀のもとに斬り捨てるのではあるまいか。それだけの殺気を放っている。

「修馬――」

凄《すご》みのある声で徳太郎が呼びかけてきた。

「なんだ」

「おぬしも手伝ってくれるな」

「むろんそのつもりだ」

否《いな》やなどあろうはずがなく、修馬は決然とうなずいた。

三

妙な夢は見なかった。

いや、もしかすると見たのかもしれないが、修馬は覚えていない。目が覚めた瞬間、ほとんどの夢は忘れてしまうたちだ。

昨日、腹を裂かれた二匹の犬の死骸を目の当たりにした。そのために、夢に見るのではないか、となんとなく思っていたが、思い過ごしだったようだ。

寝床で伸びをしてから、修馬は起き上がった。腹が減っている。好志多に行き、納豆入りの玉子で飯を食べたくてならない。

じき、徳太郎がやってくるはずだ。クロ殺しの下手人をともに探索して挙げるためである。

立ち上がった修馬は手早く着替えを終えた。

――これでよし。いつ徳太郎が訪ねてきても大丈夫だ。

いや、その前に部屋の掃除をしておくべきだろう。昨日、徳太郎に口うるさくいわれたからな。うんときれいにして、やつを驚かせてやるのだ。

まず布団を畳み、部屋の隅に追いやった。それから板戸を横に滑らせて、部屋の奥にある小さな窓も開け放つ。朝方の冷気を含んだ風が入り込んできた。よどんだ大気が外に出てゆくのがわかる。

実に気持ちがよく、修馬は深い呼吸を繰り返した。

箒《ほうき》を手にし、部屋の中をくまなく掃いた。ごみや埃《ほこり》がびっくりするほど出た。

俺はこんなところで暮らしていたのか。

呆然とする。

ごみと埃をちりとりで取り、外のごみ箱に捨てた。本来なら拭《ふ》き掃除もするべきなのだろうが、たらいもないし、雑巾《ぞうきん》もない。

——今日はこのくらいでよかろう。

戸と窓を閉め、すっかりきれいになった部屋を見回した。修馬は満足だった。気分がすっきりしている。

掃除というのは、こんなにもすがすがしいものなのだ、と実感した。そういえば、功徳になるからと、お釈迦《しゃか》さまも掃除を勧めていたという話を聞いたことがあるな。これほどよいものならば、これからはもっとたびたびやろう、と修馬は決意した。

朝から体を動かしたら、なおのこと空腹が耐えがたくなってきた。へなへなという感じで、修馬はすり切れた畳の上に座り込んだ。

——早く徳太郎が来ぬかな。

と思ったら、板戸が叩かれた。

おう来たか。なんと絶妙な頃合《ころあい》ではないか。

にんまりした修馬はすっくと立ち上がり、板戸に手をかけて、持ち上げるように横にぐいっと引いた。

「おはよう、徳太——」

言葉を途中で止め、あれ、と修馬は目をみはった。

眼前に立っているのは徳太郎ではない。上質の着物を身につけた四十絡みの男である。物腰からして、大店《おおだな》の商人ではないか、と修馬は見当をつけた。

「あの、山内さまでございますか」

小腰をかがめて商人然とした男が、やや しわがれた声できいてきた。背後に、手代とおぼしき若い男が立っている。

「俺が山内修馬だが、おぬしは」

これまで一度も会ったことのない男である。

「手前は岩倉屋《いわくらや》丹兵衛《たんべえ》と申します」

「岩倉屋……」

その名には聞き覚えがある。修馬はすぐに思い出した。

「呉服屋の岩倉屋か。店は日本橋だったな」

びっくりするような大店ではないが、扱う商品の確かさで、岩倉屋でなければ駄目だ、という贔屓客が多いことで知られる。

「よくご存じで」

丹兵衛がにこにこと柔和に頬をゆるめたが、表情には隠しきれない翳《かげ》がある。笑顔に力がなく、見ていると、逆にこちらが寂しさを覚えるほどなのだ。

この裕福そうな男にいったいなにがあったというのか。

「呉服屋のあるじが、こんなに朝早くからどうした」

「山内さまにお願いがあってまいりました」

「お願いというと、どういう用件かな。——岩倉屋、汚いところだが、入るか」

「よろしいのでございますか」

遠慮がちに丹兵衛がきく。

「あの、山内さまは、どなたかをお待ちだったのではございませんか」

「友垣《ともがき》が来ることになっているのだ。だが、まだ大丈夫だろう。入ってくれ」

「さようでございますか。では、お言葉に甘えて失礼いたします」

深く頭を下げて丹兵衛と手代が入ってきた。二畳ばかりしか畳が敷かれていないことに、二人は戸惑っている。

——家賃もかからず気楽だが、いつまでも物置で暮らしているわけにはいかぬな。

さすがの修馬も、このような場所で起居していることに、気恥ずかしさを覚えた。それでも、直前に掃除をしたことで部屋がきれいになっているのには、ほっとした。

「狭くてまことに申し訳ないが、畳の上に座ってくれるか」

修馬は、隅に寄せた布団の上に腰を下ろした。土間で雪駄を脱ぎ、丹兵衛と手代が畳の上に正座する。

「今一度名乗らせていただきます。手前は岩倉屋丹兵衛と申します。こちらは、手代の昌之助《まさのすけ》でございます」

昌之助はきりりっとした顔をしているが、醸し出す雰囲気は優しげで、商売人としてこれから伸びそうな男に思えた。だが、丹兵衛と同じで、顔に暗翳《あんえい》を帯びている。

この者たちに、いったいなにがあったというのだろう。修馬は改めて思った。

「それで岩倉屋、どんな用件かな」

身を乗り出し、修馬は切り出した。もしや闇の両替商のことではないだろうな。

町人たちのために、小判などを町の両替商で一文銭や四文銭に両替する商売は、別に廃業したわけではない。今も引き続いてやっている。手数料に当たる切賃《きりちん》は、一割をもらっている。まずまず安価で妥当といってよいのではないか。

だが、と修馬は考えた。岩倉屋ほどの大店ならば、闇の両替商など必要としないだろう。

小判は一枚の額が大きすぎてそのままでは暮らしの費えに使えないから、町人たちは両替商で一文銭や四文銭に替える必要がある。だが、たいていの場合、どうやって小判を手に入れたのか、根掘り葉掘りきかれる上に、結局は不審がられて両替商では替えてくれないことがほとんどだ。

そこに修馬は目をつけ、闇の両替商という商売をはじめたのだ。

「仇を討ってほしいのです」

両手をついた丹兵衛が、怖いほどに真剣な眼差しを向けてきた。

「誰の仇かな」

ききながら、修馬の脳裏に昨日の二匹の黒い柴犬の死骸が浮かんできた。まさか犬の仇討ということはないだろう。

「娘の仇を討ってほしいのでございます」

言葉に力をたたえて、丹兵衛が頼み込んできた。

「娘御の――。どういうことかな。まさか俺に助太刀を頼んでいるわけではなかろう。岩倉屋、詳しく事情を説明してくれぬか」

「承知いたしました」

目をぎゅっと閉じて、丹兵衛は高ぶってきた気持ちを静めようとしている様子だ。背後の昌之助も瞑目《めいもく》し、なんとか平静を保とうとしているように見える。

「お話しいたします」

軽く咳払いして、丹兵衛が厳かな口調でいい、修馬を見つめる。目をそらすことなく、修馬は見返した。

「娘はおげんといいます。いえ、いいました。歳は十九でございました」

込み上げてきた怒りや悲しみを押し殺すように、丹兵衛が唇を嚙む。気づいたように続けた。

「おげんは、大目付をつとめていらっしゃる多米田伊予守《ためだいよのかみ》さまのお屋敷に、女中奉公に上がっておりました」

多米田伊予守か、と修馬は思った。江戸城中で、何度か顔を見たことがある。四千五百石の大身で、なかなか頭の巡りのよさそうな男だ。歳は四十前くらいだろう。切れ者だと聞いたことはないが、その分、堅実に仕事を積み重ねてゆきそうな感じがある。とんでもないしくじりを犯すような類の男ではない。

「多米田屋敷で、おげんどのの身になにかあったのだな」

「さようにございます」

悲しみが新たになったのか、ううう、と丹兵衛が口元を押さえた。

「――失礼いたしました。おげんは、多米田さまの奥方である由紀乃《ゆきの》さまにお仕えしておりました。多米田さまと由紀乃さまのあいだには、泰寿丸《たいじゆまる》さまという跡継がいらっしゃいました」

いらっしゃいましたか、と修馬は思った。つまり今はもう、この世にいないということだろうか。

「多米田さまにとりまして、待望の跡継でございました。泰寿丸さまはわずか二歳でいらっしゃいました。それがこのあいだ、はしかにかかってしまわれました」

「はしかか」

泰寿丸どのは亡くなったのだろうな、と修馬は思った。昨日遠望した、黒い煙が思い出される。

「はしかは命定めと呼ばれるほどの病でございます。特効薬などございません」

「その通りだ。もしはしかに効く薬ができたら、それこそ大金持ちになれよう」

「――山内さま、実はその特効薬があるという話を、おげんは耳にしたのでございます」

「特効薬が。まことか」

自分でも耳が早いほうだと思うが、その特効薬の話は初耳である。

「あくまでも噂《うわさ》でございますが、そのはしかに効くという薬のことを、おげんは由紀乃さまに話したのでございます」

「それで」

「由紀乃さまはおげんにその薬を手に入れるように命じられました。おげんはすぐさま入手し、由紀乃さまのもとに馳《は》せ戻りました」

「その薬は泰寿丸どのに処方されたのだな」

「さようにございます」

顔をうつむけ、丹兵衛が悔しげに唇を震わせた。

「これでひと安心と思ったのもつかの間、泰寿丸さまは容体が急変し、あっという間にはかなくなられたのでございます」

さすがに言葉に詰まり、修馬はなんというべきか、わずかに迷った。

「ただ薬が効かなかったのか。それとも、処方された薬が毒薬のようなものだったのか」

「処方された薬が原因で、泰寿丸さまは亡くなられたのだと思われます。おげんは、偽薬をつかまされたのでございます」

「偽薬か。死者が出るような薬を売るとは許せぬ」

目的はやはり金儲けだろう。それ以外、考えられない。

「はしかにかかられた以上、その薬がなくとも泰寿丸さまははかなくなられたかもしれません。しかし泰寿丸さまの死の責任を取り、おげんは自死してのけました。ちょうど十日前のことでございます」

ぎゅっと目を閉じ、丹兵衛は涙をこらえている。昌之助も唇をわなわなとさせ、膝の上の拳を固く握り締めている。

「おげんは、多米田さまのお屋敷の庭に立つ大木で、首を吊《つ》りました」

おげんはどんな気持ちで木の枝に縄をかけたのだろう。

「命を絶つ前に、おげんは書き置きを残しました。それを手前は、多米田さまから見せていただきました」

なんと書いてあった、と聞きたい気持ちを抑え、修馬は丹兵衛が言葉を続けるのを黙って待った。

「書き置きには、偽薬売りを捕らえ厳罰に処してください、とだけ記してありました」

文面は短いが、おげんの無念さ、悔しさが修馬の胸にまっすぐ迫ってきた。主家の役に立ちたいと思って薬を入手したのに、それがまったくの裏目に出た。

おげんはどんなに驚いたことだろう。泰寿丸の死を聞いて、立っていられないほどの衝撃を受けたはずである。申し訳なさも、心からあふれんばかりになっただろう。偽薬をつかまされた腹立たしさもあったにちがいない。

　自分が手に入れた薬で泰寿丸が死んだことで、おげんは自らの命を絶つことでしか詫《わ》びの手立てはないと思い込んだのだ。

　あまりにおげんがかわいそうすぎる。不憫《ふびん》としかいいようがない。

「おげんは、由紀乃という奥方にはうらみ言は一切いっておらぬのだな」

「さようにございます。それについては、娘をほめてやりたいと思っております」

　偽薬をつくった者を捕らえ、厳罰に処さなければならぬ。そうすることこそが、おげんの仇を討つことにつながるのだ。無念を晴らすことにもなる。

　公儀は偽薬に対し、断固たる処置をとるという態度を鮮明にしている。江戸に幕府が開かれて以来、偽薬をつくって売ったことで捕らえられ、獄門に処せられた者は決して少なくない。

　つまり、修馬がすべきことは、偽薬をつくった者を捕らえることなのだ。

　――俺がじかに下手人の命を奪う必要はない。そちらの始末は、公儀のほうでつけてくれる。

　だが、と修馬はすぐに心中で首をひねった。大目付の嫡男が偽薬によって命を失った以上、徒目付や町奉行所もすでに探索に着手しているのではないか。となると、この俺にできることが果たしてあるものなのか。

修馬は自問した。

両手をそろえたまま、丹兵衛がじっと修馬を見ている。瞳《ひとみ》には、口惜《くや》しさの色が濃く宿っている。

つと丹兵衛が口を開いた。

「実は、この昌之助はおげんの許嫁《いいなずけ》なのでございます」

丹兵衛がちらりと後ろを見やる。

「えっ、そうだったのか」

「はい。おげんが多米田さまのお屋敷での奉公を終えたら、手前は二人を一緒にさせるつもりでおりました」

おげんは、きっと気立てのよい娘だったのだろう。丹兵衛にとり、自慢の娘だったのではあるまいか。その娘を理不尽なことで失った。無念さは察するに余りある。

許嫁の昌之助も、おげんを女房にする日をきっと待ち望んでいたのだろう。仲むつまじくやってゆく日々を、楽しみにしていたにちがいあるまい。その夢が偽薬のせいで、一瞬にして奪われた。

それに、おげんの婿になるということは、岩倉屋の跡取りの座が約束されたも同然であろう。商売人である以上、誰だって頂を望むものではないか。全身にやわらかな雰囲気をたたえている昌之助も、決して例外ではあるまい。

この仕事を受けてもよいが、徳太郎とクロ殺しの下手人を挙げることを誓い合った。ここでこの仕事を受けたら、徳太郎への義理を欠くことになる。断るか。そうするしかない。

一度は、修馬は申し出を受けられぬことを告げようとした。

だが、目の前にある二人の真剣な目にぶつかり、さすがに迷わざるを得なかった。二人はここまで来るのに、どんな思いでやってきたか。

それを思うと、断るわけにはいかないような気がしてきた。徳太郎には悪いが、クロ殺しの下手人捜しのほうを辞するしかないのではないか。徳太郎はいえばわかってくれる男だ。もしこの場にいれば、修馬にこの仕事を受けるようにいってくれるのではあるまいか。あまりに自分に都合がよすぎるだろうか。そんなことはあるまい。きっと徳太郎はわかってくれる。

「承知した、依頼を受けよう」

力強い口調で修馬はいった。

「まことでございますか」

喜色をあらわに、丹兵衛が再び両手を畳にそろえる。背後の昌之助も、ありがとうございます、と礼を述べて頭を畳にすりつけるようにした。

「肝心の報酬でございますが」

顔を上げて丹兵衛が静かに口にする。

「手前どもには正直、探索の相場というものがわかりかねます。しかし、依頼を受けていただくためには、こちらもできる限りの誠意をお目にかけなければ、と考えました。——山内さま。三十五両ということでいかがでございましょう」

こいつはものすごい大金だな、と修馬は驚愕した。

「前金で十両、残りの二十五両は後金ということになりますが、よろしいでしょうか」

そんなにもらってよいのか、という言葉を修馬はのみ込んだ。これは、大事な娘の命の値段といってもよい金額である。丹兵衛たちにとり、これでも安いくらいだろう。

「それで十分だ」

顎を引き、修馬は厳かに答えた。

「ありがとうございます」

懐から取り出した紙包みを、丹兵衛が修馬の前にそっと置いた。

「十両、入っております。どうか、お納めくださいますよう」

「かたじけない」

一礼し、修馬は両手で紙包みをすくい上げるようにした。さすがに、ずしりとした重みがある。中身を確かめるまでもない。頭を下げ、静かに袂《たもと》に落とす。

「一つ聞きたいことがあるのだが、よいかな」

目を向けるや修馬は丹兵衛にただした。

「なにゆえおぬしは俺に依頼をしようと思ったのだ。偽薬をつくった者を捕らえるだけならば、なにも俺でなくともよい気がするのだが。町奉行所には足を運んだのか」

「まいりました。しかし、御番所の方にはまともに取り上げていただけませんでした」

丹兵衛の面には、落胆の思いが色濃くあらわれている。

「まことか」

「はい、残念ながら」

とんでもないことをするものだな、と修馬は心中で顔をしかめた。俺がまだ徒目付だったら、町奉行所に乗り込んで、そんな応対をした者を怒鳴り上げているところだ。

稲葉七十郎《いなばしちじゅうろう》はどうしているのだろう、と修馬は思った。七十郎は、町奉行所内で最も信頼の置ける定廻《じょうまわ》り同心だが、こたびの偽薬の一件は縄張ちがいなのだろうか。

七十郎ならば、丹兵衛に力を落とさせるような真似はしなかったはずなのだ。

「なにゆえ手前が山内さまに依頼にまいりましたかと申しますと」

「うむ」

「実は、久岡《ひさおか》さまからのご紹介でございます」

――なんと。修馬は驚きを隠せなかった。それはまったく予期していなかった。

「そうか、勘兵衛《かんべえ》だったか。岩倉屋、おぬし、勘兵衛と知り合いなのか」

「久岡さまは、うちのお得意さまでございますから。久岡さまは手前にこうおっしゃいました。山内修馬は辣腕の徒目付だった男だ。必ずそなたの役に立ってくれるはずだ、と」

辣腕か、と修馬は思った。相変わらずあの男はうまいな。俺の大好きな言葉を知った上で、丹兵衛の口を通じて伝わるようにしているのだ。

いま勘兵衛は徒目付頭という要職にあるが、以前は平の徒目付として、修馬の相棒だった男である。

とあるへまを犯して、修馬は徒目付を馘になった。

あのでか頭野郎は、と苦々しく思った。俺をかばってくれなかった。馘にして、放《ほう》り出しやがった。

そのために、俺は父上からも勘当されたのだ。この物置に住む羽目になったのも、あのでか頭の勘兵衛のせいだ。

――いや、そうではない。

勘兵衛は関係ないことは、修馬ははなからわかっている。

おれが馘になると決まったとき、勘兵衛はきっとかばってくれたにちがいないのだ。

勘兵衛はそういう男だ。

だが、上つ方が馘だと決めた以上、勘兵衛としては、いかんともし難かったのだろう。

すべては、と修馬は思った。自分のしくじりからきているのだ。人のせいにするなど、恥ずべきことだ。人としてどうかしている。

俺は一からやり直さなければならぬ。別に徒目付に返り咲こうという気持ちもない。

心を入れ替え、人としてもう一度生まれ変わるのだ。

よし、やるぞ。

自らに気合を入れ、修馬は丹兵衛に新たな問いをぶつけた。

「おげんどのがどこからその偽薬を手に入れたか、おぬし、知っているのか」

いいえ、と丹兵衛がかぶりを振った。

「存じ上げません。申し訳ありません」

「いや、謝ることなどない。――おげんどのは、多米田屋敷に奉公に上がっていたといったな。大身の旗本屋敷に奉公している身では、その手の薬の噂を耳にすることは、なかなかできぬと思うのだが」

「さようでございますね」

少し考えて丹兵衛が同意する。

「おげんは、ほとんどお屋敷から出ることがないようでございました。大身のお武家のお屋敷というのは、外界から遠く隔たっているも同然なのでございましょう」

ちらりと後ろを振り返り、丹兵衛が昌之助を見た。思い当たることがあるのか、昌之助が小さくうなずいてみせた。

「昌之助はなにか知っているのか」

すぐさま修馬はたずねた。

「心当たりがございます」

きっぱりと答え、昌之助がわずかに膝行《しっこう》した。

「お嬢さまは一月ばかり前、宿下がりをなされました。旦那さまのご親類のご葬儀に出られたのでございます」

昌之助の言葉に得心がいったらしく、丹兵衛がうんうんと首を上下させている。

「では、そのときにおげんは、はしかの特効薬のことを葬儀の参列者の誰かから聞いたというのだな」

「さようにございましょう」

昌之助に代わって丹兵衛がいった。

「おげんに、はしかの薬のことを吹き込んだのは、手前の姉ではないかと思われます。なにしろ、大の噂好きでございまして、とても早耳なのでございますよ。いったいどうやってあの手の噂を仕入れてくるものなのか」

丹兵衛は悔しげに顔をゆがめている。姉がそんな薬のことを知らなければ、娘は死なずにすんだかもしれない、と考えているようだ。

「いや、これもきっと運命だったのでございましょう」

自らを納得させるように丹兵衛が首を振った。

「姉は、おげんのことを赤子の頃からよくかわいがってくれました。おげんもなついておりました。伯母《おば》と姪《めい》ですが、仲のよい友垣のような関係でした。二人はなんでも話せる仲といってよいのでしょう。おげんの葬儀のときも、姉はひときわ大きな声を上げて泣いておりました」

葬儀のことを思い出したのか、丹兵衛が下を向き、しんみりとなった。昌之助も目をしばたたかせている。かわいそうでならなかったが、修馬は問いを発して、丹兵衛の顔を上げさせた。

「その伯母の名は」

「は、はい。おりよと申します」

「住まいを聞いてよいか」

「もちろんでございます」

おりよは森作屋《しんさくや》という太物《ふともの》問屋の内儀だという。店は日本橋にあるそうだ。

ほかに聞いておくべきことはないか、と修馬はしばし黙考した。

今のところ、思いつくことはなかった。

「よし、ただいまより山内修馬は、偽薬をつくり、おげんに売りつけた者の探索に着手する。必ず捕らえるゆえ、岩倉屋、昌之助、吉報を待っていてくれ」

「よろしくお願いいたします」

声をそろえた主従二人が深々と頭を下げた。

立ち上がった修馬は、尻《しり》の下に敷いていた布団を見た。すっかり潰れてしまっている。あとで日に干してやれば、きっと元通りになるだろう。

丹兵衛と昌之助とともに修馬は外に出た。

「おっ」

驚いたことに、朝の陽射しを浴びて徳太郎が軒下に立っていた。まさかもう来ているとは思わなかった。

「いつからここに」

「なに、ついさっきだ」

「すみません、手前どもが押しかけたために外でお待たせすることになってしまい」

丹兵衛と昌之助は平身低頭の体である。

「なに、気にせずともよい。本当にいま来たばかりなのだ」

にこやかに徳太郎がいった。

丹兵衛たちを見る徳太郎の目に、哀れみの色が浮いていることに修馬は気づいた。

「まことに相すみませんでした」

丹兵衛が徳太郎になおも謝る。

「――では、山内さま、手前どもはこれにて失礼いたします。どうか、どうか、なにとぞお願いいたします」

丁寧過ぎるほどに懇願してから、丹兵衛と昌之助が去ってゆく。

道の端に立ち、二人の姿が見えなくなるまで修馬は見送った。徳太郎も二人に眼差しを向けている。

「すまぬ、中での話を聞いてしまった」

修馬に向き直って徳太郎が謝する。

「盗み聞きをするつもりはなかったのだが」

「そんなことはどうでもよい。徳太郎、どう思った」

「気の毒だ。それ以外、いいようがない。それにしても、病を治したいという人の気持ちにつけ込んで偽薬を売るとは、なんと卑劣な者がいるものか――」

正義の心が人よりずっと強い徳太郎らしく、怒りをたぎらせている。憤怒を宿らせた瞳を修馬に当ててきた。

だいぶ気心が知れてきた修馬は徳太郎に見据えられてもたじろぐことはないが、ろくに徳太郎を知らない者は、思わず後ずさりしてしまうのではあるまいか。

「修馬、おぬしはおげんという娘の仇を討つのだな」

一つ息を入れて徳太郎がきいてきた。

「すまぬ、徳太郎」

「なにを謝る」

「クロを殺した下手人をともに挙げると約束したのに、それを破ることになってしまった」

「それはよい。おぬしが見込まれて仕事を頼まれたのだ。受けるのが当然だ」

「そういってもらえるとありがたい。だが、俺としてはちと複雑な気分だ」

「そんな気分にならずともよい。それにおぬしは、報酬に目がくらんで依頼を受けたわけではない。報酬を提示されたのは、おぬしが仕事を受けたあとのことだ。やらなければならぬ、という使命感におぬしは駆られただけだ。そういう仕事は、男は必ずやり遂げねばならぬ」

ありがたい言葉だ。大きくうなずき、修馬は安堵の息をついた。

笑みを浮かべて徳太郎が続ける。

「はしかの偽薬のために命を失ったのは、泰寿丸どのだけではあるまい。かなりの数に上るはずだ。偽薬のせいで、おげんは自らの命を絶った。主家のためを思ってしたことなのに、このようなことになるなど、悲劇としかいいようがない。おげんだけでなく、命を失ったすべての者の無念を、俺は修馬に晴らしてもらいたい」

「うれしい言葉だ」

修馬は今にも涙が出そうだ。

「修馬も、クロをあのような目に遭わせた下手人を俺と一緒に挙げたかっただろう。だが、それは俺一人でやってみよう。岩倉屋やおげん、泰寿丸どのの悔しさを晴らせるのは、この世に修馬、おぬししかいなかろう。クロのほうは任せておけ。俺一人で大丈夫だ。必ず下手人を挙げてみせる」

「期待しているぞ」

修馬を見つめて徳太郎が微笑した。

「必ずや期待に応《こた》えてみせよう。俺は、おともに明るい笑顔を取り戻させることが第一の使命と思っている。そのためには、なんとしても下手人を捕らえなければならぬ。おとものためだ。どんな困難なことであろうと、乗り越えられぬはずがない」

「その意気だ」

「では修馬、俺は行く。おぬしもがんばってくれ」

「好志多はよいのか。おぬしが来たら、一緒に行こうと思っていたのだが」

「今日はよい。朝餉はどこかで適当に取ることにする。おぬしは俺に遠慮せず行けばいい」

「いや、俺もやめておく。徳太郎と一緒に食べるほうが、倍うまいからな。互いの事件が解決したら、好志多に食べに行くというのはどうだ」

「そいつは楽しみだ。励みになる」

「よし徳太郎、がんばろう」

「うむ」

深く顎を引いた徳太郎が、どんと胸を叩くような仕草をした。こんな真似をするなど、堅苦しいこの男にしてはかなり珍しい。

さすがに照れたのか、顔をうつむけて会釈し、徳太郎が足早に歩き出した。

その姿を見送った修馬は、徐々に小さくなってゆく背中に語りかけた。

――徳太郎なら、一人でも必ずやれる、大丈夫だ。

修馬には確信がある。

もしかすると危険な目に遭うかもしれないが、徳太郎の腕前なら、なんということもあるまい。あっさりと切り抜けるだろう。

その点については、修馬はうらやましくてならない。徳太郎に比べたら、剣術に関して自分は赤子のようなものだ。勘兵衛も相当遣うが、徳太郎のほうがわずかに上だろうか。

修馬としては、せめてなりたや勘兵衛に、というところだが、それだってたやすく望めることではない。

だが、この俺だって少しは遣えるではないか。やくざの親分である元造《げんぞう》のもとで用心棒をし、出入りに出たことだって一度や二度ではない。そのときは大活躍をした。大丈夫だ、やれる、と修馬はおのれにいい聞かせた。俺にできぬことなどあるはずがない。だからこそ、勘兵衛は俺のもとに丹兵衛を来させたのだ。

はしかに著効があるという薬をつくって売った者が、と修馬は考え込んだ。この江戸にいるのだ。だが、そんな薬の噂や評判はこれまで一度も聞いたことがない。

これは、偽薬売りに目を光らせている公儀を気にして、誰にも気づかれない販売の手立てを取ったということもあるのだろうが、おそらく金持ち相手にひそかに売りさばいていたためではないだろうか。

きっと庶民に手が出ないような高額な薬だったにちがいないのである。

もしそこまで手が込んでいるのなら、偽薬をつくり、売ることを一人でやれはしまい。背後に大がかりな組があるとしか思えない。

早くも逃げ水が見えはじめている前方に目を据え、修馬は腹に力を込めた。

その組を俺は暴き出さなければならぬ。おそらく命の危険も伴うだろう。

徒目付でない今、徒手空拳にも等しい身の上だが、とにかくやるしかないのだ。これも剣術と同じだ。臆していては駄目だろう。それだけで負けが決まってしまう。胆力で勝負するしかない。

今の自分にできるのはそれだけなのだから。

修馬は決意をかためた。

四

三十五両の稼ぎは、やはり大きいとしかいいようがない。

修馬のためにとてもよかったな、と歩きつつ朝比奈《あさひな》徳太郎は思った。さっきは三十五両という金についてのことは口に出さなかったが、修馬は『よろず調べ事いたし候』という看板を掲げている。一文にもならないこちらの仕事に引き込むわけにはいかないのだ。

修馬は一見軽そうに見えて実は義理堅いから、一文の稼ぎにもならぬ仕事でも、笑顔で汗をかいてくれる。

だが、そんな修馬の厚意に甘えてばかりはいられないのだ。修馬にも暮らしがあるのだから。

浪人暮らしの修馬にとって、三十五両という金がどれだけ大きいものか。

修馬にそれだけの大金を得られる機会が訪れたのは、きっと天が命じているからだ。

となれば、俺が一人でクロ殺しの下手人を捜し出すことになったのも、同じように天が命じているからだろう。

さて、どこから手をつけるか。

足を止めて徳太郎は考えた。それだけで燃えるように全身が熱くなり、至るところから汗が噴き出してきた。

ふう、暑いな。こいつはたまらぬ。

袂に手を突っ込み、徳太郎は手ぬぐいを取り出した。首筋や額の汗を拭くと、それだけで人心地ついた。

手ぬぐいをしまい、再び徳太郎は歩き出した。これまで剣術一筋で生きてきたから、それ以外のことはろくに知らない。探索のことなど、イロハすら知らないのだ。

刀を振ることなら人に教えられるほどたやすいが、クロ殺しの下手人を挙げることなど、いったいどうすればよいのか、ただ戸惑うしかない。

だが、天が自分に命じているのだとしたら、やり方は必ず見つかるはずだ。

月代《さかやき》がひどく熱くなっていることに、徳太郎は気づいた。いつしか高くなった太陽は朝方の心優しさを捨て、獰猛《どうもう》さをあらわにしはじめていた。まさにこれからが本番だといいたげだ。

こいつはたまらぬ。

袂から出した手ぬぐいを頭に置いて、徳太郎は強い陽射しを避けた。少しは暑さが和らいだが、今度は喉の渇きを覚えた。

なんと。こんなことでへたばってしまうなど、情けないことこの上ない。俺もやわになったものよ。

だが、今は少しだけ休みたかった。

熱せられた頭を冷やしたい。手ぬぐいではまったく効果がない。

なにしろ修馬はもう頼れないのだ。頼れるのは今やおのれのみである。頭を冷やし、落ち着いて考えられる場所がほしい。

おっ、と徳太郎は小さく声を上げた。左手にある神社の鳥居横に、茶店の幟《のぼり》がひるがえっているのが目に入ったからだ。

足早に歩み寄り、小女に茶と団子を頼んで徳太郎は縁台に腰を下ろした。

茶店の屋根に陽射しがさえぎられて、さすがにほっとする。

それにしても、と徳太郎はあきれた。俺は本当に弱くなったものだな。暑さにへいこらして日陰に逃れるなど、若い頃は考えられなかった。むしろ、汗がだらだらと流れる暑い夏が大好きだった。いつからこんなふうになったのか。とにかく暑さに負けぬよう鍛え直さなければならぬ。

小女がやってきて、湯飲みと団子の皿を縁台に置く。

「団子をあと二人前、追加してくれるか」

「はい、承知いたしました」

ちょうどよいから、徳太郎は団子を朝餉代わりにするつもりでいる。三人前の団子を口に入れたところで胃袋を満足させることはできないかもしれないが、そのときはそのときだ。またなにか腹に入れればよい。

熱い茶を喫しながら、徳太郎は屋根の下に見えている空を眺めた。

相変わらず太陽は真っ白な陽射しを送り続けているが、季節は確かに移ろいつつあるようで、空がやや高く見えている。秋はもう遠くないのだ。涼しくなる日も近づいているのである。

この俺も、着実に下手人に迫っていかねばならぬ。

ふと、あたりが暗くなった。暑さも少しだけ和らいだようだ。雲が太陽にかかったのだろう。

身を乗り出して、徳太郎は空を見た。太陽にかかっているのは、ちっぽけな雲である。それが太陽の威勢をすっかり消してしまっている。

大したものだな、と徳太郎は感じた。そなたもがんばれ、と天にいわれているような気がする。

探索に関して俺は取るに足らぬような男だが、とにかく一所懸命に取り組めば、いい結果が出るのではないか。小さな雲を見ているうちに、そんな気になってきた。

小さな雲はじっと動かず、太陽を隠し続けている。江戸の町人のために、踏ん張ってくれているようだ。

ありがたいな、と徳太郎は心中で手を合わせた。不意に、その雲の形がおともの顔と重なった。おともはずいぶん悲しげな表情をしている。

それも無理はない。かわいがっていたクロがあんな形で死んでしまったのだ。これまで愛犬の死など、一度たりとも考えたことはなかっただろう。

クロ自身も無念にちがいあるまい。雷におびえてぶるぶる震えるような犬だったそうだから、殺されるときはさぞ怖かっただろう。

――決して許さぬ。必ず捕らえてやる。

まだ見ぬ下手人に、心で徳太郎はいった。下手人を捕らえたところで、罪には問えないかもしれない。いや、まちがいなく問うことはできないだろう。

だが少なくとも、おともに謝罪させなければならぬ。ふん捕まえたら、首根っこをつかんででも、おともの前に引きずり出してやる。

「お待たせしました」

新たな団子の皿を持ってきた小女が、徳太郎を見てややおびえたような顔をした。

「ありがとう」

すぐさま笑顔をつくって徳太郎は礼を述べた。かたい笑みを返して、小女が下がってゆく。

俺はよほど怖い顔をしていたのだろうな。あのようなか弱い娘を怖がらせるのは本意ではない。気をつけなければならぬ。

小さな雲がついに動き、太陽が顔をのぞかせた。あたりは一気に明るくなり、縛めが解けたかのように、太陽は生き生きとした表情を見せている。

先ほどより陽射しは強くなったのではあるまいか。太陽が雲に隠れる前より暑くなったような気がする。

徳太郎の腰かけている縁台に、三枚の団子の皿が置かれている。それぞれの皿には二本の団子がのっている。

全部で六本か。徳太郎はすぐに団子に手を伸ばした。

うむ、いける。

甘みのほとんどない団子だが、外はかりっとし、中はしっとりとしてなかなかうまい。

徳太郎は茶を喫した。先ほどは喉が渇きすぎて味などろくにわからなかったが、こうしてじっくり味わってみると、いい茶であることがはっきりする。

三皿の団子をあっという間に平らげ、最後に湯飲みを空にして徳太郎は、これからどうすべきかを改めて考えた。

クロを殺した下手人を捕らえるために使えそうな案など、すぐには出てこない。実際、昨晩も寝床で必死に頭を働かせたが、浮かばなかった。いざとなれば、修馬を頼ればいいと思っていた。

だが、もはやそんな真似はできない。おのれで知恵を絞り出さなければならぬ。

とにかく集中することだ。徳太郎は目を閉じた。

ふと、クロの顔が浮かんできた。生前のクロには一度も会ったことがなかった。おともと親しくなったのはつい最近だから、それも当たり前だろう。

クロは悲しげに鼻を鳴らしている。おともを捜しているのではないか。自分が死んだことをまだ知らないのかもしれない。

クロを慰めようとでもいうのか、もう一匹の黒い柴犬が出てきた。こうして見ると、二匹の犬は確かに顔が異なる。

麴町七丁目の暗い路地で死んでいた犬だ。クロの顔をぺろぺろとなめはじめた。

そうか、殺されたのはクロだけではない。相次いで二匹の黒い柴犬が殺された。同じ人物の仕業としか考えようがない。

二匹の黒い柴犬を殺すところを見た者はいないのか。あるいは、何者かが黒い柴犬を捕らえているところを目の当たりにした者は。

よし、このことにしぼって麴町界隈で聞き込んでみよう。

決意した徳太郎は立ち上がり、小女に茶と団子の代金を支払った。

半日以上、聞き込んだが、犬を殺したところを目にした者は見つからなかった。

だからといって、徳太郎にあきらめるつもりは一切ない。必ず見つけ出す、という一心しかない。

クロやもう一匹の犬が殺されたところを目の当たりにした者が、いないわけがないのだ。いるからこそ、頭にクロともう一匹が出てきたのだろう。

汗水垂らしながら徳太郎は聞き込みを続けた。探索の仕事というのは、実に厳しいものなのだな、と感じた。

修馬は、この手の仕事を生業にしているのだ。もっと賢くて洗練された方法を知っているのかもしれない。

だが、修馬もいっていたように、探索の仕事というのはきっと地道にやってゆくしかほかに手はないのだろう。修馬だって手妻《てづま》のごとき鮮やかな手立てを知っているわけではあるまい。

おとものためだから、聞き回るのはさして苦ではない。

だが、俺には探索を生業にするというのは、無理だな。

それでも、こうして自分の不得手なことを必死に続けるというのも、この先の人生にきっと生きることになろう。この経験の意味を、知る日が必ずやってくるはずだ。

不慣れな探索を続けることで、自分は成長できる。このところ滞っている感のある剣術の腕も、上がりはじめるのではないか。

徳太郎はそのことが励みになった。これも剣術の修行の一環なのである。剣術は、おのれが最も得手にしていることだ。剣術に関係していることならば、苦になるわけがない。

あと四半刻ばかりで長い日も西の空に没するという頃、徳太郎はついに一人の男を見つけた。

若い小間物売りである。名をきくと、次郎作《じろさく》ということだ。

「犬の死骸を見たのはどこだ」

怖い顔にならないように気を配って、徳太郎はたずねた。

「あれは、麴町四丁目にある神社の裏手だったように思うんですが。もっとも、あれが死んでいたかどうかはわからないんですよ。ただ、路地に犬が横たわっているのを見ただけですから」

「見たのはいつのことだ」

「一昨日の夕刻ですよ。今とだいたい同じような刻限だと思います」

「犬に覆いかぶさるようにしていた男がいたということだが、まちがいないか」

「まちがいありません。いったいなにをしていたのか、いまだにあっしにはわかりませんが、なにか変わったことをしているなあ、とそのときは思いましたから」

「男はおぬしの知っている者か」

「知り合いではありません。初めて見る人でしたね」

「男はどんな顔をしていた」

きかれて次郎作が考え込む。

「頬がこけて眉が太かったですね。意志の強そうな顔つきをしていたような気がします。でも、少し冷たい感じがありましたかね」

これだけでは足りない。下手人だとしても、捜しようがない。

「ほかに特徴らしいものはなかったか」

そうですねえ、といって次郎作が眉根を寄せる。

「ああ、そういえば、左の眉の端に、大きなほくろがありましたねえ。あとはこれといって、特徴らしいものはなかったような気がしますね」

「身なりはどうだ」

「ええと……」

うつむいて次郎作が思い出そうとする。

「いかにも商人然としていましたね。着ているものは、悪くなかったですねえ。むしろ、かなり上質なものを身につけていたと思いますよ」

「着物になにか特徴はなかったか」

「いえ、これといって。いいものだとはわかりましたが……。ああ、そうだ」

次郎作が頓狂《とんきょう》な声を上げた。

「どうした」

「あの人、手になにか小さな物を持っていたんですよ。あれは、なんだったんですかね。確か金色に光っていたような……」

小さくて金色に光る物とはなんだろう、と徳太郎は思った。もしかすると、それを犬にのみ込まれてしまい、腹を裂いて取り戻したのかもしれない。

次郎作は盛んに首をひねっている。

「そうだ、あれは馬ですね。――いや、馬じゃないのかなあ。なにしろ羽がついていたような気がしますものねえ」

馬に羽が生えているわけがない。となると、蝶々《ちょうちょう》みたいなものか。

「あっしは、これでも目がいいのが自慢なんですよ。羽が生えていたとはいえ、やっぱりあれは馬だったと思うんですよねえ。たてがみがあって耳が立って、しっぽが垂れて、四本の足がありましたよ」

「その馬だが、小さいというと、どのくらいの大きさだろう」

「そうですね。一寸（約三センチ）くらいでしょうね」

そのくらいの大きさならば、食いしん坊の犬がのみ込んでも不思議はないだろうか。

その男にとって、羽の生えた金色の馬はよほど大事なものだったのだろう。だから、犬の腹を裂いてまで取り返したのだ。

「その男だが、歳はいくつくらいだった」

「そうですねえ、四十くらいですかね。人の歳はよくわからないですけど」

それ以上、徳太郎は聞くべきことを思いつかなかった。次郎作に礼をいい、懐から財布を取り出して、一朱銀をつまみ上げた。それを次郎作に渡した。

「えっ、けっこうですよ。いただくわけにはまいりません」

「よいのだ。取っておけ」

「いえ、そういうわけには――」

「よいのだ」

徳太郎は押しつけた。

「でも、お侍、本当にこんなによろしいんですかい」

一朱銀を手にした次郎作は、申し訳なさそうな顔をしているものの、内心の喜びが面にあらわになっている。

「当たり前だ。おぬしの商売の邪魔をしてしまったのだからな。謝礼を払うのは当然のことだ」

「邪魔だなんて、とんでもないですよ。でも、ありがとうございます。本当に助かります。これでも、十歳の娘を頭に三人の餓鬼がおりますもので。女房も喜びますよ」

一朱でこんなにありがたがってもらえると、こちらの気持ちも弾んでこようというものだ。

「では、これでな」

右手を上げ、徳太郎はきびすを返して歩きはじめた。どこへ行くという当てもないが、とにかく足の向く方向へ進んでいった。

――金色の羽の生えた馬か。

もしかすると、次郎作が蝶々と見まちがえたのではないか、という気がしないでもない。

いや、次郎作を疑うのはやめておいたほうがいい。次郎作が馬というのなら馬なのだ。あれだけ造作をはっきりと覚えているのなら馬としか考えようがないではないか。

羽を持つ金色の馬か、と改めて徳太郎は思った。この世は広いのだ、そういう意匠を考えつく者がいても、不思議はない。

空を飛べる馬ということだろうが、その持ち主を捜すのにはどうしたらよいか。

とにかく、滅多に見ることのない珍しい意匠であるのはまちがいない。

となると、錺《かざり》職人を当たるのがよいのではないか。

それが根付なのか、それとも別の細工物なのか、わかるすべはないが、次に自分がすべきことは、金色の羽を持つ馬をつくった錺職人を捜し出すことだろう。

よし、やるぞ。

足に力を込めて、徳太郎は目の前の坂をのぼりはじめた。

いきなり坂の上のほうから、きゃあ、危ないっ、という声が聞こえてきた。

はっとして見上げると、米俵を満載した大八車が勢いよく坂を下ってくるところだった。大八車についていたらしい二人の人足は振り切られて坂の途中で転んでしまい、顔だけを上げて大八車を呆然と見ている。

「あっ」

徳太郎の目は、路上で立ちすくんでいる三人の女の子をとらえた。道でお絵描《えか》きでもしていたようだ。迫りくる大八車に対して驚きがあまりに強く、動けないでいる。

――どうすればよい。

考えている暇などなかった。徳太郎と三人の女の子との距離は五間（約九メートル)ほど。坂を一気に駆け上がり、徳太郎は女の子たちの前に躍り出た。
三人をいっぺんに抱き上げることはできない。いや、一人すら抱える余裕はない。大八車は砂埃を上げて、猛然と迫ってきている。もう半間(約〇・九メートル)もないのだ。

——南無三。

抜刀するや、徳太郎は刀を下から振り上げた。かすかに、かつっ、という音が耳に届く。これは徳太郎だからこそ、とらえることのできた音だ。大八車の立てる大音にかき消され、他の者にはまったく聞こえなかっただろう。

ざざざ、と土の上で車輪をきしらせて大八車が徳太郎の両側を通り過ぎてゆく。徳太郎の背中にわずかに降りかかったのは米粒である。すでにそのときには、徳太郎は三人の女の子を全身でかばっていた。

坂の下で、がたん、どしん、と続けざまに音が立った。見ると、商家の塀と天水桶に当たり、大八車が止まっていた。

大八車は、きれいに縦に真っ二つになっている。満載されていた米俵も放り出されて、路上に転がっている。

いくつかの俵も大八車と同じように二つにされている。米がこぼれて、路上に小さな山をつくっていた。

――なんとかなったか。大八車や米俵に当たった者はいないようだな。

ほう、と徳太郎は大きく息を漏らした。

「怪我《けが》はないか」

雨に打たれた小鳥のように震えている三人の娘を、徳太郎は気遣った。

「は、はい、大丈夫です」

最も年かさと思える娘が気丈に答えた。さすがに青い顔をしているが、気持ちはしっかりしているようだ。

「それは重畳《ちょうじょう》」

にこりと笑いかけて、徳太郎は刀を鞘におさめた。

まわりで息をひそめていた者たちが、我に返ったようにわらわらと駆けつけてきた。

徳太郎に加え、三人の女の子が無事なのを確かめて、誰もがほっとした笑顔になる。

「しかしお侍、すごい腕をしてらっしゃいますねえ」

一人の職人らしい男が徳太郎をほれぼれと見る。ほかの者たちも、大したものだ、といいたげな顔を並べていた。

「おとしっ」

坂の下から悲痛な叫び声が聞こえ、一人の男が走り寄ってきた。

「おぬしは――」

徳太郎は目をみはった。先ほど話を聞いたばかりの次郎作である。

「――おとし」

一目散に駆け寄ってきて、次郎作は最も年かさの娘を抱き締めた。

「おとっつぁん」

おとしと呼ばれた娘は、優しく抱き締められながらも、どこか困ったような顔をしている。そんなに心配しなくてもいいのに、というところか。

「ああ、おとし、おとし、無事でよかった」

感極まって、次郎作は涙を流している。

「おとっつぁん、こちらのお侍のおかげよ」

「ああ、よくわかっているよ」

目に涙を一杯にためた次郎作が、他の二人の女の子を見やる。

「おみちちゃんもおぶんちゃんも、怪我はないかい」

うん、と二人がそろってうなずく。

「大丈夫よ、おじさん」

二人はよく似た顔の造りをしている。姉妹かもしれない。

そうか、と次郎作がいい、感謝の眼差しを徳太郎に向けてくる。

「お侍、まことにありがとうございました。よくぞ、先ほどはあっしに話しかけてくださいました」

徳太郎の思ってもいなかった物言いである。

「次郎作、なにゆえそのようなことをいう」

「もしも先ほどあっしにお話を聞いてくださらなかったら、お侍がこの場に居合わせられたはずがありません。だとすれば、おとしたちは……」

なるほど、そういうことか。

「それにしてもお侍、あれはどういうふうにされたんですか」

二つになった大八車を見やって、次郎作が不思議そうにきく。おとしたちも興味津々の顔つきである。

「なに、下から刀を振り上げただけだ」

「すごい腕をされてますねえ」

「大したことはない。だが、大八車だけでなく、米俵も二つにせざるを得なかった。人足にはすまぬことをしたな」

「とんでもないことですよ」

口から泡を飛ばすように次郎作がいった。

「あれで済んでよかったんですよ。もし死人が出たら――」

その言葉をさえぎり、割り込むようにして徳太郎に横柄に話しかけてきた者があった。

「おう、お侍よ」

大八車についていた二人の人足のようだ。

「なんだ、おぬしらか。礼はいらぬぞ」

笑みを浮かべて徳太郎は告げた。

「なにをとぼけたこと、いってやがるんでえ」

腕を撫《ぶ》して人足の一人がすごむ。六尺に届きそうなほど背が高いが、ひょろりとしているわけではない。さすがに体はがっちりしており、いかにも膂力《りょりょく》は強そうだ。力士になれそうな体格である。

腕組みをして徳太郎は人足を見上げた。

「とぼけた覚えなどないが、もしやおぬしら、俺に因縁をつけているのか」

「因縁なんかじゃねえ。お侍、大事な商売道具をあんなふうにしてくれて、どうするつもりだ」

「なんだ、やはり因縁をつけているのではないか」

「弁償してくれるのかい。お侍のせいで、米だってばらまかれちまってよお」

背の低いほうが口をゆがめていった。

あきれるしかない。徳太郎は哀れむような目で二人を見た。

「弁償などする気はない。大八車と米俵がああなったのは、おまえたちがしくじりを犯したせいだ。おまえたちで、なんとかするべきだな」

「なんだと」

「やるつもりか」

凄みをにじませた声を発し、徳太郎は二人の人足をにらみつけた。

「おまえら、そこの大八車のようになりたいか。大八車よりも人を斬るほうがたやすいぞ。おまえらに本当にやる気があるのなら、相手をしてもよい」

柄《つか》に手を置き、徳太郎は腰を落とした。人足はさすがにひるみを見せたが、引こうという気はないようだ。

そのとき、無言で徳太郎と人足のあいだに割って入った者があった。

あっ、と声を出して二人の人足がすくみ上がる。

「こ、これは親分」

二人の人足が畏《おそ》れ入ったようにぺこぺこしはじめた。

「てめえら、俺の縄張で、なに勝手な真似をしてやがんでえ。お侍に向かってすごみやがって」

「す、すみません」

「いいか、このお侍が大八車を叩っ斬ってくれたおかげで、てめえらは命を長らえることができたんだ。感謝こそすれ、いちゃもんをつけるなんて、とんでもねえこったぞ」

「命を長らえるっていいますと」

背が高いほうが男におずおずときく。

「てめえ、そんなこともわからねえのか」

いきなり男の手が動き、ばちん、という音とともに人足が後ずさった。痛《いて》え、といって頬を手で押さえている。

背の低いほうにも、男のびんたが飛んだ。こちらは吹っ飛び、地面に背中がついた。ひっくり返された蛙《かえる》のように両手両足をばたばたさせている。

いいか、と鼻息荒く男がいう。

「大八車にはねられて死人が出てみろ。てめえらは死罪だ。そいつは天下の大法で決まっているこった。それをてめえらは、このお侍のおかげで逃れることができたんだ。助けてくだすった恩人にいちゃもんなんかつけやがって。命があるだけましだと思いやがれ。大八車はとっととあきらめろい。このお侍がおっしゃったように、てめえらで始末をつけるこった。わかったか」

怒鳴りつけられて、背の高い人足がしゅんとなる。わかりやした、と小声で答えた。

そのとき、背の低い人足がようやく立ち上がった。

「おい、行くぞ」

背の高いほうが低いほうに声をかけた。二人の人足は、今にも泣き出しそうになっている。米俵の転がっているところに、おぼつかない足取りで歩いていった。

――次はこんなへまをせぬことだ。

ため息をついて徳太郎は二人の背中に心で声をかけた。

それにしてもすばらしい。

徳太郎が感心したのは、路上にできた米の山から、誰一人としてくすねようとしていないことだ。そのあたりは、さすがに江戸っ子としかいいようがない。

「それにしてもお侍、鮮やかな手並みでございましたねえ」

親分と呼ばれた男が徳太郎をほめる。

「なに、とにかく必死だった。無心で刀を振ったのがよかったのだろう」

「無心だろうとなんだろうと、それだけの腕前がないと無理ですぜ。あっしが無心になったからといって、刀で大八車を真っ二つにできるはずがねえ。――お侍、お名を聞かせていただいてもよろしいですかい」

「おぬしは何者だ。やくざの親分か」

「ええ、さいです。人に名をきく前に名乗るのが礼儀でしたね。あっしは猪太郎《いたろう》といいやす。どうか、お見知り置きを」

名は体をあらわすというが、猪太郎は本当に猪《いのしし》のような体格をしている。歳は三十半ばといったところか。垂れた目はちょっと見は柔和そうだが、油断できない光をたたえている。丸い鼻とたっぷりと肉ののった頰が、なんとなく人のよさを思わせる。

やくざの親分である以上、裏で阿漕《あこぎ》なことはいくらでもしているのだろうが、どこか愛嬌《あいきょう》があって、人をほっとさせる雰囲気を持つ男である。もちろんそれは表の顔でしかないのだろう。

「俺は朝比奈徳太郎という」

「朝比奈さまは、ご浪人ですかい」

徳太郎は着流し姿で、一本差である。まさにこれこそ浪人という形《なり》をしている。

「そうだ」

「朝比奈さま、うちの用心棒になる気は、ございませんかい」

「ないな」

一顧だにせず徳太郎は答えた。

「では猪太郎、これでな」

目を移し、徳太郎は次郎作に向き直った。

「俺は行く。次郎作、息災に過ごせ」

「はい、ありがとうございました」

「また会おう」

にこにこと頭を下げるおとしたちにも目を当ててから、徳太郎は坂の上を目指して歩き出した。

いくつかの目が、徳太郎の背中に注がれている。

その中で最もじっとりと粘り着くような眼差しの主は、猪太郎だろう。

この目の強さからして、と徳太郎は思った。用心棒の話をあっさりあきらめることはあるまい。

こちらの名を知った以上、いずれ俺の住みかも探り当てるのではないだろうか。

そのときはそのときだ、と徳太郎は腹を据えた。意外にやくざの用心棒というのも、おもしろいかもしれぬ。

だが、それも、まずはクロを殺した下手人を挙げてからの話だ。

一刻も早く下手人を見つけ出し、おともやクロの無念を晴らしてやらなければならぬ。

第二章

一

鼓動の高鳴りを感じた。

――なんだ、これは。

足を止め、修馬は胸を押さえた。動悸《どうき》が激しくなっている。

――どういうことだ。

修馬には戸惑いしかない。

どこか体が悪いのだろうか。そうかもしれない。医者に駆け込んだほうがよいのか。

それとも、放《ほう》っておけばそのうちおさまるのか。

医者にはできるだけ行きたくない。幼い頃から苦手だ。

きっと具合が悪いわけではない。この俺が病になど冒されるものか。

そういえば、と修馬は思い出した。小料理屋の太兵衛で居合わせた客から、悪事をはたらいたわけでもないのに、町奉行所の役人を見るとなぜかどきどきする、というようなことを聞いたことがある。

それと似たようなものではないか。

いま修馬は、町奉行所の大門の近くまで来ている。長屋門となっている大門は、道行く者を圧するような風格を見せている。

歩を進め、修馬は大門の真ん前で足を止めた。動悸はさらに激しいものになっている。

きっと太兵衛の常連客のいう通りなのだろう。罪を犯したわけでもないのに、人というのはおもしろいものだな。

修馬には、そんなことを思う余裕が出てきている。鼓動は徐々におさまりはじめた。

——それにしても暑いな。

今朝の江戸は周囲に雨戸でも閉《た》てられたかのように風がなく、ひどくむしむししている。肌と着物をじっとりと貼《は》りつかせている汗が、気持ち悪くてならない。

斜めから射《さ》し込む朝日はすでに強烈な輝きを放っており、長屋門の白い壁に当たる照り返しが目にまぶしすぎるくらいだ。

頭から水をざぶっとかぶったら、どんなに爽快《そうかい》だろう。

——ふむ、それにしても町奉行所に来るのはいつ以来だろうか。思い出せないくらい久しぶりなのは確かだ。

長屋門の右側の脇に設けられている出入口を、修馬は目を細めて見つめた。この出入口の奥に同心詰所がある。

徒目付《かちめつけ》だった頃は、遠慮することなく足音高く同心詰所へ乗り込んだものだ。徒目付には、町奉行所の役人を監視する役目もあるからである。

詰所の隅に座り込み、なにもいわずにじっと仕事ぶりに目を光らせているだけだったから、町奉行所の者にはずいぶんと嫌われた。だが、そんな中、稲葉七十郎だけは好意の目で見てくれた。

役人たちが仕事にまじめに励んでいるか、それを確かめるだけの仕事ではあったが、あの頃はよかったなあ、と修馬は懐かしさを覚えた。だからといって、今さら徒目付に戻りたいとは思わない。

もう出仕しているはずの七十郎に会いにここまで来たが、浪人の身で同心詰所にずかずかと入ってゆくわけにはいかない。

裁《た》っ着《つ》け袴《ばかま》を穿《は》いた二人の門番が、門の前に突っ立つ修馬を胡散臭《うさんくさ》そうに見ている。

門番は、町奉行直属の足軽がつとめることになっている。

いかにも傲岸《ごうがん》そうな面つきのこの二人に、七十郎に会いたい旨を告げなければならない。

業腹《ごうはら》だな、と修馬が苦々しく思ったら、見知った男が大門を抜けてこちらにやってきた。若い中間《ちゅうげん》である。まさに渡りに船といってよい。

「あっ、山内さまではありませんか」

驚きの声を発した中間が、見まちがいではないか、というようにまじまじと修馬を見る。

「清吉《せいきち》――」

笑みを浮かべて修馬は歩み寄り、相対した。

「元気そうだな」

清吉は七十郎の忠実な中間である。

「山内さまも」

清吉と顔を合わせるのは、元赤坂町に住んでいた路兵衛《ろへえ》という男が殺されたとき以来である。

ただし、路兵衛殺しの下手人が挙がったという話を修馬は聞いていない。七十郎と清吉は、今も探索に骨折っているのだろう。

路兵衛殺しの事件が起きる直前、やくざの元造親分の助太刀として修馬が加わった出入りのときにも、七十郎と清吉には会った。町奉行所の者が手入れを行ったのである。

捕手《とりて》が殺到するのを目の当たりにして修馬は泡を食って逃げ出したが、捕手の中に七十郎と清吉がいるのをはっきり見たのだ。七十郎と清吉も修馬に気づいたようだが、気づかないふりをして見逃してくれた。

あのときは世話になったな、と修馬は心で謝意を述べた。

「ところで山内さま、こんなに朝早くどうされたのですか」

気遣いの色を顔に浮かべて、清吉がきいてくる。町奉行所に早朝からやってくるなど、修馬の身になにかあったのではないか、と考えたのだろう。

この男の人のよさにはまったく変わりがなく、修馬はほのぼのとうれしくなった。

「七十郎――ああ、いや、稲葉どのに用があってな。ちと聞きたいことがあるのだ」

「さようですか。旦那《だんな》はじき出てくると思いますが、ちょっとあっしが呼んでまいりましょう。そのほうがお待たせしませんからね」

「頼めるか」

「お安い御用ですよ」

にこりと笑って、きびすを返した清吉が詰所の出入口にすっと姿を消した。

どうだ、おまえらの手は借りなかったぞ。そんな意味を込めて、修馬は二人の門番に笑いかけた。

だが、二人はすでに修馬への関心を失っていた。訴訟を控えているらしい町人たちが大挙してやってきて、二人の門番はそちらに気を取られていたからだ。

苦い薬を無理にのみ込んだような顔になり、修馬は舌打ちした。だが、すぐにまじめな顔をつくった。

七十郎が詰所の出入口を出てきたからだ。にこやかな笑みを浮かべて、修馬に近づいてくる。清吉が後ろに続いていた。

「山内さん、おはようございます」

丁寧に腰を折り、七十郎が挨拶《あいさつ》する。修馬も深く頭を下げた。

「稲葉どの、おはよう」

顔を上げた修馬を見つめて、七十郎が苦笑してみせる。

「山内さん、そのような他人行儀ないい方はおやめください。七十郎、と前のように呼び捨てにしてくれればよいのです」

「そういうわけにはいかぬ。俺は一介の浪人者に過ぎぬ。番所の役人を呼び捨てにするわけにはいかぬ」

「山内さんとそれがしは、友垣《ともがき》ではありませぬか。友垣ならば、呼び捨てが当然。呼び捨てにしてもらわぬと、尻の据わりが悪くて困ります」

なんと、と修馬は思った。

「稲葉どのは、今も俺のことを友垣だと思ってくれるのか」

「当たり前でしょう」

わかりきっていることだといわんばかりに七十郎が大きくうなずいた。

「山内さんは、それがしにとって大事な大事な友垣ですよ。歳上《としうえ》ですから、それがしは呼び捨てにはできませぬが」

修馬はかっと心が熱くなった。

「そうか、そうだったたか。稲葉どのは、今も俺のことを友垣と思ってくれているのか」

うれしさが心のひだをじんわりと這《は》い上ってきた。

「山内さん、またそれがしの名字を呼ばれましたよ。――山内さんのことを友垣だと思うのは当然です。それがしは、徒目付の山内さんとつき合っていたわけではありませぬ。山内さんが徒目付でないからといって、なにゆえ友垣でなくなってしまうのか、さっぱり意味がわかりません」

修馬は胸がじーんとした。

「なんともうれしい言葉だ。なにしろ、友垣と思っていた者が、俺が徒目付を馘《くび》になった途端、一斉につき合いをやめたからな」

「そういう者は山内さん、よいのです。友垣ではなかったということが、はっきりしたのですから。むろん、それがしはそのような者ではありませぬ」

きっぱりといって七十郎が顔を寄せてきた。

「それで山内さん、こんなに朝早くからどうされたのです」

「うむ、ちょっと聞きたいことがあってな」

それを耳にして、七十郎が顔を曇らせる。

「もしや路兵衛どのの件ですか」

「そうではない。――路兵衛の一件は、難航しているのか」

「ええ、今も探索中です」

悔しそうに七十郎が唇を嚙《か》む。気恥ずかしげに清吉も顔を伏せた。

「そうか。俺になにか手伝えることはないか」

いえ、と七十郎がかぶりを振る。

「今のところはありませぬ。もし本当に我らの手に余るようなことになれば、山内さんを頼るかもしれませぬ。そのときは、よろしくお願いいたします」

「承知した。稲葉どの……いや、七十郎も清吉もとうに存じているだろうが、俺は『よろず調べ事いたし候』という看板を掲げている。今はそれこそが生業《なりわい》だ。手伝わせてもらえるのなら、とてもありがたい」

「ええ、生業のことはよく知っています。両替商のほうも、されているのですか」

「闇《やみ》のか。あれはけっこう儲《もう》かるし、困っている町人のためにもなるから、やりたいのは山々だが、今のところ休業中だ。路兵衛の一件で腰を折られた感がある」

路兵衛という男に小判二十両分の両替を頼まれ、修馬は荷車一杯に寛永通宝《かんえいつうほう》を載せて持っていったのだ。そうしたら、息絶える寸前の路兵衛を見つけたのである。路兵衛は死に際に、はんにゃ、と確かに口にした。それはのちに、般若党《はんにゃとう》と呼ばれる者たちであるのが知れた。

「さようですか。両替商のほうは休業中ですか。それは残念ですね。――山内さん、歩きながら話しましょうか」

「それがよかろう」

八文字に開かれた大門を、大勢の町人たちがくぐりはじめている。町人と思えるのは、在所《ざいしょ》から出てきた者が多くを占めるはずだ。それ以外にも、侍や近在の百姓らしい者の姿が見える。

大門の前にいては、その者たちの往来の邪魔になりかねない。町奉行所にやってきた者のほとんどが、訴訟で足を運んできているのだろう。

それにしても、と北に向かって足を運びはじめて修馬は思った。こんなにも多くの者が訴訟を抱えているのだ。世間には、数え切れないほど災いの種があることが知れる。

人というのは、これほどまで諍《いさか》いが絶えぬものなのか。すさまじいものだな。さすがに考えさせられるものがある。

「山内さん、それでなにがあったのですか」

足早に歩きつつ、七十郎が水を向けてきた。修馬も歩くのは速いほうだが、毎日縄張を歩き回っている定廻《じょうまわ》りの役人は、さすがに大したものだ。修馬でも、ついてゆくのがやっとという感じである。

いや、そうではないかもしれぬ。俺の体がなまりはじめているのではないか。だとしたら、やはり鍛え直さなければならぬ。

だが俺は口だけ、頭だけの男だからな。駄目と感じても、実際にはなにもせぬ。こういうところから、まず直していかねばはじまらぬな。

七十郎が、こちらが口を開くのをじっと待っていることに修馬は気づいた。

「じ、実はこういうことがあった」

あわてていったら舌がつっかえたが、修馬はそのあとは冷静に、岩倉屋丹兵衛から受けた仕事の件を話した。

「ほう、仇討《かたきうち》ですか」

危ぶむような目を七十郎が向けてきた。

「そうだ。だが、偽薬をつくって売った者を見つけたからといって、じかに手を下すような真似はせぬ。その点は安心してくれ」

「つまり仕置は、番所に任せていただけるということですね」

「そういうことだ。俺がするのは、下手人を捕らえるまでだ」

「それを聞いて安堵《あんど》いたしました」

ほっとしたような笑みを七十郎が見せた。

「しかし山内さん、おそらく賊は一人や二人ではありませぬ」

「それは俺も考えていた。どうやら大がかりな組があるのではないか、とにらんでいる。ゆえに、命の危険を伴うのは覚悟の上だ。だが、もともと俺は臆病《おくびょう》だからな。虎《こ》口《こう》に首を突っ込むような真似はせぬつもりだ。——ところで七十郎」

意を決して、修馬は呼び捨てにしてみた。久方ぶりのことで、少し気恥ずかしさがあった。しかし、これもじきに慣れるだろう。

「はしかの偽薬の一件は、町奉行所は調べているのか」

「ええ、調べています」

明瞭な声で七十郎が答えた。

「先ほど山内さんがおっしゃったばかりですが、大目付の多米田伊予守さまの御嫡男である泰寿丸さまが偽薬の犠牲になりました。多米田さまからその旨、知らせがあったらしく、とにかく奮励するよう、我らは町奉行からきつくいい渡されました」

「もう長く調べているのか」

「ひと月近くになりましょう」

「泰寿丸どのが亡くなったのは、半月ばかり前のことだったな。では、泰寿丸どのが亡くなったから、探索に本腰を入れはじめたわけではないのだな」

「さようです。公儀の要人の嫡男が死んだために本気で取り組むのでは、それまでに死んでいった子供があまりにかわいそうですから」

七十郎の目には、この男らしい真摯《しんし》な光が宿っている。

「偽薬が江戸の町に出回りはじめたのは、いつからだ」

「およそひと月半ばかり前のことでしょうね」

そんなに前だったのか、と修馬は驚いた。にもかかわらず、これまで自分の耳には一切入ってこなかった。これでは、まるで隠遁《いんとん》生活を送っているに等しくはないだろうか。

もっと鋭敏な耳を持って、世の中に対さねばならぬ。でなければ俺は取り残されかねぬ。

『よろず調べ事いたし候』と看板を掲げた商売にも、障りが出るにちがいない。

真剣な顔つきで七十郎がなおも話す。

「これまでに相当数の子供が、偽薬のせいで犠牲になっているはずです。もちろん、その中には、はしかそのもので死んでしまった子供も多いとは思うのですが」

「ひと月半前からといったが、その偽薬はまだ売られているのか」

いいえ、と残念そうに七十郎が首を横に振る。

「もう売っておらぬようです。賊どもは、どうやら半月ほど前にすべてを手じまいにしたらしい。それがしにはそんな手触りがあります」

「半月前か。泰寿丸どのが亡くなった頃だな」

ええ、と七十郎が顎《あご》を引いた。

「ですので、多米田さまの御嫡男が偽薬を服用して亡くなったことを、賊どもは知ったのではないかとそれがしは思うのです。泰寿丸さまの死によって、町奉行所だけでなく目付衆や徒目付衆の探索に本腰が入るのは必定《ひつじょう》、ここで手じまいにすべきと、賊どもは判断したのではないかと思われます」

「賊は泰寿丸どのの死を知ったということかな。つまり、賊は多米田家の内情を知る位置にいるということになるのか」

「かもしれませぬ」

「だとしたら、どういう者が考えられよう」

「それが、いろいろな者が考えられるのですよ。なにしろ、泰寿丸さまの葬儀は盛大に行われましたから」

「大目付の嫡男ではそうだろうな。だが、偽薬を服用して亡くなったことを知る者は少なかろう」

「おっしゃる通りです。ですので、身共も、多米田家の内情を知ることのできる者を片端から調べているのです。しかし、今のところ、当たりを引けていません」

頬を軽くかいて、修馬は七十郎に問うた。

「偽薬をつくっている者の手がかりは、今のところないということか」

歯を噛み締め、七十郎が目に鋭い光を宿す。清吉も温厚な男の割に厳しい表情をしている。

「残念ながら」

「しかし山内さん、我らは必ず手がかりを見つけてみせます。賊どもを捕まえ、獄門にすることこそ、我らの責務ですからね」

力強い言葉だ。七十郎と清吉ならば、必ずやり遂げよう。それだけの忍耐強さ、粘り強さを持つ二人なのだ。投げ出すような真似は決してしないはずだ。

「この件では、結果として俺も七十郎たちの手伝いをすることになった。なにかわかったことがあれば、必ず伝えよう」

「よろしくお願いします」

感謝の眼差《まなざ》しを向けて、七十郎が頭を下げる。唇を湿して修馬は七十郎にきいた。

「七十郎、岩倉屋に話を聞いたか」

「いえ、聞いておりませぬ。岩倉屋は日本橋でしたね。日本橋は、それがしの縄張ではないものですから」

今からでも七十郎が丹兵衛から話を聞けば、偽薬の調べも進展を見せるかもしれぬのに、と修馬はもったいなさを感じた。

江戸の中心である日本橋を縄張にしている同心が無能であるとはとても思えないが、おそらく探索に取り組む姿勢が七十郎とはちがいすぎるのではあるまいか。

役所というのは、町奉行所に限らずどこでも年功こそが物をいうところだ。優秀な者だからといって、出世の階段を一気に上るようにはできていない。

だとすると、と修馬は気づいた。飯沼麟蔵《いいぬまりんぞう》に引き続き、久岡勘兵衛を頭に持ってきた徒目付は、役人の中では別種といってよいくらいなのではないか。最も腕利きの者が指揮を執る立場にいるというのは、役所の中ではかなり珍しいことなのは疑いようがない。

咳払《せきばら》いをし、修馬は七十郎に語りかけた。

「岩倉屋は、偽薬のことを訴えに番所に来たらしいぞ」

「えっ、そうでしたか。いつのことです」

意外そうに七十郎が目をみはる。

「やはり知らなかったか。おげんという岩倉屋の娘が自死したのが、十日前だそうだ。おそらくそのあとだろうから、そんなに前のことではなかろう。せいぜいが五日ほど前ではないかな」

「さようでしたか。初耳です」

うなるような顔つきで、七十郎が眉根《まゆね》にしわを寄せる。

「では岩倉屋の訴えは、取り上げられなかったのですね。ですから、山内さんにお話がいったのですね」

「どうもそのようだ」

「岩倉屋が山内さんにお話を持っていったのは、もしや久岡さんのご紹介ですか」

「七十郎、よくわかるな」

「岩倉屋は番町に多くの得意先に持っていますからね。久岡さんのところも得意先の一つでしょう」

「ほう、そうか。番町に得意先が多いのか。だが、うちは得意先ではないぞ」

はっきりいってどうでもよいことというのは修馬もわかっていたが、どういうわけか引っかかりを覚えた。蚊帳の外に置かれたような気分である。

修馬を見て、七十郎が苦笑する。

「番町にある旗本屋敷すべてを、得意先にはできませんからね」

「それはそうだな。しかも久岡家は千二百石の大身《たいしん》で、徒目付頭だものな。岩倉屋も得意先にしたかろう」

「山内さんの家も九百石ではないですか。十分に大身ですよ。それがしは、三十俵二人扶持《ぶち》です」

「付け届けが多いというではないか」

「それはかなり助かっています。付け届けがないと、正直我らは暮らしが成り立ちませんからね。——話を戻します。岩倉屋が久岡さんと知り合いであるのはまずまちがいないでしょう。久岡さんは、なにしろ山内さんのことを高く買っていらっしゃいますからね」

少しうらやましそうに七十郎がいう。

「えっ、そんなことはあるまい」

修馬は半信半疑だ。

「高く買っていらっしゃいますよ。今も山内さんに徒目付に戻ってもらいたい、と考えていらっしゃるはずです」

「俺自身、もうあまり戻りたくもないがな」

「おや、そうですか」

「なにしろ今はとても自由だからな。出仕のために早起きする必要はないし、眠いのを無理して張り込みすることもない」

「しかし今も張り込みの場合は、必要とあらば、夜通しでされるのではないですか」

「まあ、そうかもしれぬ」

「でも山内さん、宮仕えのほうが気楽なところはたくさんありますよ。一人で働くとなると、常に自分を律していかねばなりませんからね」

「確かにな。ぐうたらな暮らしに慣れたら、後戻りはできなくなる。そうなってしまえば、暮らしの糧を得ることは、ほぼできなくなるということだ」

さてまだ七十郎に聞くべきことがあるだろうか、と修馬は考えた。

「七十郎、大勢の子供が犠牲になったとのことだが、偽薬を買ったと思える者がどのくらいいるか、つかんでいるのか」

「だいたいですが。五百人以上ではないかといわれています」

この数が多いのか少ないのか、正直なところ、修馬には見当がつかなかった。

「偽薬はいくらで売られていた」

「きっかり十両のようです」

「さすがに高いな」

「安いと、逆に効き目を疑われますからね」

「高い薬なら、効かないはずがないと誰でも思うものな」

それが十両もする薬なら、なおさらだろう。

「およそひと月で五千両も売り上げたのか。原料に本物の薬種など高価なものを使っているはずがないから、まさにぼろ儲けといってよいな」

ええ、と七十郎が首を縦に動かした。

「実際には、買った者はもっと多いのかもしれませぬ。それがしは、こちらがつかんでいる倍はいるのではないかと考えています」

「ということは、一万両の荒稼ぎか」

我知らず修馬は息をのんでいた。

「はい、そういうことになります」

いまいましそうに七十郎が答えた。

「人を殺して金を儲けるなど、とうてい許せるものではありませぬ」

「俺も同じ思いだ。はしかを治したいという気持ちにつけ込んで金儲けを企《たくら》み、子供を殺して平然としているなど、天をも恐れぬ所業といってよい。必ずとっ捕まえ、つけは払わせてやる」

込み上げてくる怒りとともに、修馬は言葉を吐き出した。

「ところで七十郎、偽薬にもそれらしい名はついているのだろう。知っているか」

「ええ、存じています。防麻平帰散《ぼうまへいきさん》といいます」

「まったく――」

顔をしかめて修馬は吐き捨てた。

「いかにももっともらしい名をつけるものだ。悪事に頭が働く者はその手の命名が、腹が立つほどにうまいな」

「ええ、それがしもそう思います」

七十郎も憎々しげにうなずいた。

ふと、道の向こうから土煙を上げて走ってくる者がいることに修馬は気づいた。まだ半町（約五四・五メートル）以上も先ではあるが、遠目でもずいぶん必死に駆けているのがわかる。

あの男は、と修馬は思った。町奉行所に用事があって急いでいるのではないか。いったいなにがあったというのだろう。汗をまわりに飛び散らせるようにして必死に足を動かしている男から、修馬は目を離さなかった。

「あれは――」

手庇《てびさし》をかざして七十郎がじっと見る。

「五郎助《ごろすけ》だな」

「ええ、まちがいありません」

七十郎の後ろで清吉が同意する。

「あんなに泡を食っているということは、なにかあったんでしょうね」

「五郎助というのは何者だ」

首を曲げて修馬は七十郎にたずねた。

「赤坂新町の自身番で使われている若い者ですよ」

「すると、赤坂新町でなにか事件が起きたということかな」

「そういうことかもしれませぬ。いえ、それしか考えられませぬ」

人にぶつからないようにしながらも、一目散に町奉行所へ向かおうとしていたようで、五郎助の目には、七十郎たちが入らなかったらしい。

七十郎が呼びかけると、あっ、と声を発して五郎助が足を止めた。砂埃《すなぼこり》が音を立てて上がる。

それを突っ切り、五郎助がほっとした顔つきで近づいてきた。

「ああ、稲葉さま。こちらにいらしたのですね。お役目ご苦労と存じます」

荒い息を吐きながらも、五郎助が丁寧に辞儀をする。

「五郎助、相変わらず走りが達者だな。すごい勢いだったぞ」

七十郎にほめられて五郎助が頭をかく。

「なにしろ、あっしは走ることしか能がないものですからね」

「そんなことはなかろう。おぬしは実に器用だ。桶《おけ》や櫃《ひつ》も、ものの見事につくってみせるではないか」

「あれは、以前、桶屋に奉公していたからですよ。それだって、あまり長続きしなかったですからねえ」

「それは、弟弟子が兄弟子にいじめられるのを見過ごすことができず、兄弟子を殴ってしまったからではないか。――いや、そのようなことを話している場合ではないな。五郎助、なにかあったのか」

息をととのえつつ、五郎助がちらりと修馬を気にする。

「このお方なら、なんの心配もいらぬ。気にせずともよい」

七十郎が大丈夫だ、というと、わかりやした、と五郎助がうなずいた。

「殺しがありました」

「なんだと」

さっと七十郎の顔に緊張が走った。

「赤坂新町のどこで殺しがあった」

「五丁目の路地裏です」

「誰が殺されたのだ」

大きく息をついて五郎助が首を横に振った。

「それが、まだ仏の身元はわかっていません」

「そうか」

顔を転じて、七十郎が修馬を見る。

「というわけです。山内さん、それがしはこれにて失礼します」

「うむ、七十郎、がんばって下手人を挙げてくれ」

「わかりました。力を尽くします。——清吉、行くぞ」

着物の裾《すそ》をひるがえして、七十郎が走り出す。修馬に頭を深く下げてから、清吉も土を蹴《け》った。走りが達者という五郎助が一気に先頭に立ち、七十郎たちの先導役をつとめはじめている。

あの五郎助という男は、と遠ざかってゆく三人の男を見送りつつ修馬は思った。いま赤坂新町の自身番で小者をつとめているということだが、それはきっと人柄を認められたからだろう。

五郎助に殴りつけられたという兄弟子のほうは、今なにをしているのだろう。修馬はなんとなく気になった。

弟弟子をいじめるようなことから目を覚まし、まじめな道を歩んでいればよいが、そういう者に限って犯罪に手を染めることが意外なほどに多いことを、修馬は知っている。

犯罪など、この世から消えてしまえばよいのに。

だが、先ほど町奉行所で見たばかりの訴訟人の多さからして、まさにこの世に犯罪の種は尽きぬのだろう。

足を止めた。

――ここだな。

目を上げ、修馬は降りかかる陽射《ひざ》しを手でさえぎって眼前の建物の屋根を見た。

そこには、森作屋と記された扁額《へんがく》が掲げられている。右手の看板には、太物《ふともの》と大きく出ていた。

まちがいない。修馬は足を進め、丈の長い暖簾《のれん》を払った。

細長い土間に沿って広々とした座敷が広がっている。大勢の客が座り込んで、番頭や手代らしい者と商談している。

太物というのは、絹織物に比して、それぞれの糸が太いところから麻織物や綿織物のことを指す。呉服といえば絹織物のことをいうが、今では『呉服太物』と記された看板も珍しくなくなっている。

「お侍、いらっしゃいませ」

一人の若い手代らしい男が寄ってきて正座し、修馬に丁重に挨拶する。

「着物がご入り用でございましょうか」

「いや、こちらのお内儀《かみ》にお目にかかりたい。おりよどのといったな」

「お内儀に。お約束でございましょうか」

「約束はしておらぬ。——俺は山内修馬という。お内儀の弟御である岩倉屋丹兵衛どのの依頼で、働いている者だ。亡くなったおげんどののことについて、お内儀に話を聞きたいのだ。その旨を伝えてもらえれば、お内儀は必ず会ってくれよう」

「おげんさま……」

おげんが自死したことは、目の前の手代も知っているようだ。

「お内儀に取り次いでくれるか」

「はっ、はい、ただいま」

跳ねるように立ち上がった手代が内暖簾の向こう側に姿を消した。

腰かけさせてもらうか、と修馬は座敷の端に尻を預けた。さすがに座ると楽だ。やはり俺も歳なのかな、と思う。考えてみれば二十八である。体が衰えてこないわけがない。

まだ妻ももらっておらぬのにこんなざまでは、子をもうけることなど夢のまた夢なのではないか。

いや、まだ大丈夫だ。修馬は自らにいい聞かせた。人生五十年として、あとまだ三分が一ほどは残っているではないか。

美奈どののような女性《にょしょう》を妻にできたら、どんなにいいだろう。最高だろうなあ。だが、やっとできた子がはしかにかかって死んでしまったら、どれほど悲しいだろう。

そのことを考えるにつけ、偽薬をつくって売った者を許せぬとの思いで心が一杯になる。

「もし――」

ふと、呼びかけてきた者があった。あわてて首をひねって見やると、先ほどの手代が修馬の間近に座っていた。

「お内儀がお目にかかるそうでございます。どうぞ、お越しください」

「かたじけない」

水が打たれたようにしっとりした感じの沓脱石《くつぬぎいし》で修馬は雪駄《せった》を脱ぎ、大勢の客がにこやかな表情をのぞかせている座敷に上がり込んだ。

手代の案内で内暖簾をくぐる。

その先にある廊下に足を踏み入れる前に、お腰の物を、と手代にいわれ、修馬は腰から刀を鞘《さや》ごと引き抜いて渡した。刀を大事に抱えて廊下を進む手代の後ろに続く。香が焚《た》きしめてあるのか、森作屋の屋敷内にはかぐわしいにおいが漂っていた。

「こちらでございます」

深い森の先に姿をのぞかせる白い富士、という構図の襖《ふすま》の前で、手代が足を止めた。

「お内儀さん」

手代が襖に向かって呼びかける。

「山内さまをお連れいたしました」

「お入りください」

中から柔らかな声がかかる。一礼して手代が襖を横に滑らせる。

八畳の座敷の端に、藍色《あいいろ》を基調としたやや地味な着物を身につけた女が、背筋を伸ばして正座していた。

「失礼する」

頭を下げて、修馬は敷居を越えた。上座に座布団が敷いてあり、そちらにお座りください、と女が手で示した。座敷に男女二人きりになるということで襖は閉められなかった。失礼いたします、といって手代が廊下を去る。足音が徐々に遠ざかっていった。

「かたじけない」

座布団を後ろに引き、修馬は座った。

「山内修馬と申す」

女をまっすぐに見て修馬は名乗った。

「りよと申します」

畳にしっかりと両手をそろえ、森作屋のお内儀がこうべを垂れた。

「忙しいところ、いきなり訪ねてまいり、まことに申し訳ない。お内儀、さっそく本題に入ってよいか」

「もちろんでございます」

覚悟を決めたかのように、おりよが顎を引いた。

「山内さまは弟の丹兵衛に、おげんのことで仕事を頼まれたとのことですが」

「その通りだ」

うなずいて修馬は手短に事情を説明した。

「さようですか。仇討を……」

悲しげに目を落とし、おりよがため息をつく。若く見えるが、もう四十は越えているはずである。人の女房ではあるものの、今の流行《はや》りで眉は剃《そ》っていない。目はまん丸で、悲しみに沈んでいるはずの今も、両の瞳《ひとみ》はなんにでも興味を示しそうな輝きを隠しきれずにいる。大きな口は、いったん調子に乗ったら話が止まりそうにない雰囲気をたたえている。

大の噂《うわさ》好きでございまして、と岩倉屋丹兵衛が困《こう》じ果てたようにいっていたが、おりよの耳はこぢんまりとして、人よりずっと小さい。これで早耳であるというのが、修馬には信じがたかった。

自分のほうがよほど大きな耳をしているのに、ろくに噂が入ってこぬというのはどうしたことか。納得できない。

だがそのことは、今は措《お》いておくべきことだ。とにかくおげんの話を、おりよから聞かなければならない。

「おげんが死んだのは私のせいです」

うつむいたままおりよがぽつりといった。

「いや、それはちがう。断じてちがうぞ」

身を乗り出して、修馬は声を張り上げた。おりよが驚いて修馬を見る。

「悪いのは、断じて偽薬を売った者どもだ。その者たちのせいで、おぬしらは悲しみのどん底に突き落とされたのだ。おぬしらはちっとも悪くない。お内儀はおげんどののためを思って、はしかの薬を紹介したのだろう。ちがうか」

じっと修馬の目を見てから、おりよが静かに口を開いた。

「ひと月ばかり前、親戚《しんせき》の葬儀がありました。そのときに久しぶりにおげんに会いました。おげんは、主家の奥方がようやくできた御嫡男がはしかにかからないか、とても心配しているといいました。私はおげんに、聞いたばかりの薬のことを語って聞かせました」

つらそうにおりよが目を伏せ、独り言のように続ける。

「あのとき、あんな話をおげんにしなければよかった。そうすれば、おげんはあんな薬を買うこともなかったし、死ぬようなことにもならなかった」

うぅ、とおりよが両手を顔に当て、嗚咽《おえつ》をはじめた。いたましい姿に声をかけることができず、修馬は黙っておりよを見守ることしかできない。

涙をぬぐっておりよが顔を上げた。目が真っ赤になっている。

「もう死にたい」

「そのようなことをいうものではない」

おりよに顔を近づけ、修馬は優しく叱《しか》った。

「もしそんなことをすれば、今おぬしが感じている悲しみを、他の者に感じさせることになるぞ。それは耐えがたいものではないか」

悲しみの連鎖など、冗談ではない。こんなものは断ち切らねばならぬのだ。

「は、はい」

修馬の思いが通じたかのように、おりよがいった。

「だから、死にたいなどという言葉は、軽々しく口にしては駄目だ」

「わかりました」

まだ目の色は暗いものの、おりよが素直に顎を引く。

「それでだ、お内儀――」

修馬は声をわずかに張った。

「そのはしかの薬のことだが、おぬし、どこで聞いたのだ」

はい、といっておりよが目を上げた。

「近所にある喜田之湯《きたのゆ》という湯屋です。はしかの薬の話は、おとばさんというおばあさんから、湯船に浸かりながら聞きました」

「それはいつのことだろう」

「ひと月半ほど前になるでしょうか。二月《ふたつき》はたっていないものと思います」

確か七十郎は、と修馬は思った。ひと月半ばかり前から偽薬は売られはじめたといっていた。おとばというばあさんは、いったいどこで売り出されたばかりの薬のことを知ったのだろうか。まさか、そのばあさんが偽薬づくりと販売に絡んでいるということはあり得ないだろうか。

考えすぎのような気がしないでもない。今は先入主を持たず、おりよの言葉に虚心に耳を傾けることにしよう。

「薬の名は防麻平帰散か」

「はい、おっしゃる通りです」

「そのとき、そのおとばというばあさんは防麻平帰散を購《あがな》う手立ても教えてくれたのか」

「はい、教えてもらいました。富久屋《とみひさや》という夜鳴き蕎麦《そば》屋の屋台の主人に頼めば、薬をその場で売ってくれるとのことでした」

ということは、と修馬は思った。富久屋という夜鳴き蕎麦屋のあるじは、偽薬の販売に深く関《かか》わっているということだ。このあるじを見つければ、探索は大いに進むことになる。

だが七十郎によれば、偽薬の組は半月ほど前に手じまいしたのではないか、とのことだった。となると、あるじを捜し出すのは難しいかもしれない。それでも、見つけ出す努力をしないわけにはいかない。

「防麻平帰散を売っていたのは、富久屋という屋台と申したが、どこに屋台を出しているのだ」

「赤坂今井町にある妙福寺《みょうふくじ》というお寺さんの山門の近くに、屋台を引いてきていると聞きました」

その場所を修馬は頭に叩《たた》き込んだ。

「代は十両か」

「はい、そう聞きました。信じられないほど高いとは思いますけど、子の命には替えられないと誰もが考えるはずです。十三年前になりますが、私もはしかで我が子を失っています……」

そうだったのか、と修馬は衝撃を受けた。はしかの恐ろしさを、身をもって知っている者だからこそ、著効薬があることを知って、おげんに勧めたのだ。

やはりおりよに罪はない。あるはずがない。

「それは気の毒に」

もっと気の利いた言葉をいいたかったが、修馬には思い浮かばなかった。

「死んだ子のことを思うと、今も悲しみがあふれてきてどうしようもなくなります。はしかなんて、どうしてこの世にあるのかしら。なくなってしまえばいいのに」

目を怒らせておりよが気持ちを吐露する。

まったくだな、と修馬は強く思った。いくら子が『七つ前は神のうち』といわれており、それまでは神さまからの預かり物だといっても、腹を痛めて生んだ子を奪ってゆくなど、神がすることとはとても思えない。

それに、はしかがなければ、それを食い物にしようとする輩《やから》は出てきようがないのだ。なくなってしまえばいいのに、というおりよの言葉は、子のない修馬にも痛いほどわかる。

息を一つ入れて、修馬はおりよになおも問うた。

「お内儀、おとばというばあさんに会いたいのだが、どこに住んでいるか知っているか」

「存じています。この近所の段《だん》右衛《え》門《もん》長屋というところです」

そこまでの道を聞いて修馬は、ほかにまだ聞くべきことはあるか、と自問した。ない、と判断した。

「お帰りになりますか」

修馬の気配を察して、おりよがきく。

「うむ。つらいときにもかかわらず話を聞かせてくれて、感謝している」

「山内さま、偽薬を売った下手人をきっと捕まえてください」

両手を畳について、おりよが懇願する。したたり落ちた涙が、おりよの手の甲や畳にぽたりぽたりとしみをつくる。

「約束する。必ず引っ捕らえる」

すっくと立ち上がり、開け放してある襖を抜けて修馬は廊下に出た。後ろを、おりよがついてくる。

内暖簾のところで先ほどの手代が待っており、刀を返してきた。

「かたじけない」

礼をいって修馬は刀を帯びた。刀が腰にあると背筋がしゃんとし、心身がしっくりくる。あるべきところにおさまるというのか。

——剣術の達人にはほど遠いが、やはり俺も侍の端くれなのだな。

内暖簾をくぐり、相変わらず大勢の客でにぎわっている広間を通り過ぎて、沓脱石で雪駄を履いた修馬は森作屋をあとにした。

おりよがいった通り、段右衛門長屋は森作屋から二町（約二一八メートル）ばかり南へ行ったところにあった。

日当たりがいいとはいえない裏長屋で、この暑さなのに乾きが悪そうな洗濯物が侘《わび》しげに干してある。なにか饐《す》えたようににおいがよどむように漂っていた。

おとばというばあさんは、奥の厠《かわや》に最も近い店《たな》を住みかとしている。他出はせず、どうやら昼寝をしていた様子だ。

戸口のそばに、今にも朽ち果てそうな鉢が置いてあり、一本の朝顔が植わっている。だが、ろくに水を遣《や》っていないのか、日照りの田んぼのように土がひび割れている。

「それにしても暑いですねえ」

目やにが貼りついた目頭と目尻を指先でなすりながら、土間に立ったおとばが頭上を見上げた。

つられるように修馬も見た。望めるのは二つの屋根に挟まれた狭い空に過ぎないが、そこには雲一つなく真っ青で、今も太陽が猛威を振るい続けているのは、はっきりと知れた。

「まったくこんな暑さの中、出歩いたら、年寄りは死んじまいますよ」

それはあながち冗談ではない。実際のところ、去年も今年に劣らない、すさまじい暑さだった。熱い湯に無理矢理、蓋《ふた》をされて押し込められているも同然の暑さにやられ、老人がばたばたと死んでいったという話を、修馬は耳にしたものだ。

「他出を控えておとなしくしているとは、おぬしは賢明だな」

「賢明ですか。あたしゃ、久しぶりにそんなこと、いわれましたよお」

歯のない口を開けて、おとばがにたにたと笑う。

「でも、ここにいても、やっぱり死んじまうかもしれませんけどね。この店の中も、おっそろしく暑いですからねえ」

戸口から見えるおとばの店は、うだるような暑熱が籠《こ》もっているように感じられた。なにしろ、熱気が這い出してきているのだ。

慣れもあるのかもしれないが、こんなところでよく眠れるものだ、と修馬はおとばの頑丈さに感心した。殺されても死なないような類《たぐい》の女なのではないだろうか。

「山内さまとおっしゃいましたけど、それで、あたしになんの用ですかね」

「ちと聞きたいことがあって来たのだが、おとば、どうだ、茶店にでも行って涼まぬか。冷たい茶を飲んだら生き返ろう」

「そりゃいいですねえ」

にやりとして、おとばが舌なめずりする。

「でも山内の旦那、あたしゃ、お酒のほうがいいんですよ。冷やをきゅっとやったら、生き返るどころか、あまりのうまさで、あの世に逝《い》っちまうかもしれないですけどねえ」

「むろん酒でもよいぞ。おとば、まいるか」

「行きたいのは山々ですけどねえ……」

「むろん俺の奢《おご》りだ」

「えっ、本当ですか。ああ、ありがたいわあ。山内の旦那は気前がいいのねえ。近所に陶山《とうざん》という一膳飯屋《いちぜんめしや》があるから、そこへ行きましょう。名だけは料亭のように立派ですけど、絵に描《か》いたようなただの飯屋ですから、気楽に飲めますよ」

古ぼけた草履を履き、はしゃいだ様子のおとばが外に出てきた。ふえー、暑いねえ、それでも外のほうが幾分過ごしやすいかしらねえ、などといいながら、小便くさい路地を歩き出す。

修馬はそのあとをついていった。

年寄りの割に、おとばは足が達者だ。ひょいひょいと歩調も軽く歩いてゆく。表通りに出て、半町も行かないところで足を止めた。

「ここですよ」

陶山と染め抜かれた黄色の暖簾が風に揺れている。戸口は開け放たれ、薄暗い中が見えた。土間にいくつかの長床几《ながしょうぎ》が置かれ、小上がりがいくつかある造りのようだ。

ごめんなさいよ、と暖簾を払っておとばが入り込み、勝手知ったるという感じで小上がりに座を占めた。

修馬も土間に足を踏み入れた。中に客はおらず、がらんとしていた。厨房《ちゅうぼう》で魚でも煮つけているのか、だしと醤油《しょうゆ》のにおいが店の中に満ちている。

「おーい、酒を持ってきておくれ」

手を上げて、おとばが大声を出す。もう待ちきれない、といわんばかりの顔つきである。

「はい、はい」

おとばと同じ歳の頃と思えるばあさんが、前掛で手を拭《ふ》きながら厨房から出てきた。近目なのか、目を細めている。

「ああ、なんだい、誰かと思ったら、おとばちゃんかい」

「なんだい、はないだろう。おせんちゃん、早くお酒をちょうだいな」

「その前に今までのつけを払っておくれよ。でないと、飲ませるわけにはいかないよ」

「なんだい、ずいぶんけちくさいことをいうねえ。お金のことをいうなんて、おせんちゃん、変わっちまったよ。ちっちゃい頃は、あたしにいろいろ奢ってくれたじゃないか」

「小さい頃はね。でも、あの頃からあたしゃ、お金のことには厳しかったよ。そうしないとおまんまの食い上げだからって、親にきつくいわれて育ったんだもの。――ああ、そうだ、おとばちゃん、八つのときに貸した十文、早く返しておくれよ」

おせんという女将《おかみ》が、手のひらを差しだしてきた。

「とっくに返したでしょ」

「返してもらってないわよ」

「そんなこと、あるの」

「――おせんとやら、おとばのつけはいくらになる」

二人のあいだに割って入り、修馬はおせんというばあさんにたずねた。

そこに修馬がいたことに初めて気づいたような顔で、おせんがまじまじと見る。

「あらっ」

「全部で百五十八文ですけど……」

「わかった。そいつは俺が払おう」

「えっ、山内の旦那、いいんですか」

　おとばが目を輝かせる。

「つけだけでなく、八歳の頃の借金も払っておこう。それから、今日の酒代も前払いしておく。女将、冷やと、できるものでいいから適当に肴《さかな》を持ってきてくれ」

　財布を取り出し、修馬は一朱銀をおせんに渡した。一朱銀程度なら、こうして商売をしている者にとっては両替を必要とするほどのものではないだろう。

「これで足りるな。釣りはいらぬ」

「こんなにいただいていいんですか」

　おせんが鼻の穴を大きくする。

「おとばにたらふく飲ませてやってくれ」

「はい、わかりました」

　うなずき、笑顔のおせんがおとばを見やる。

「おとばちゃん、いい男《ひと》を見つけたわね。どこで見つけたの」

「それは秘密。――山内の旦那も早くお上がりなさいな」

しなをつくっておとばがいざなう。ああ、と答えて修馬は雪駄を脱ぎ、おとばの向かいに陣取った。

「今お酒を持ってくるから、待っててね」

一朱を手にしたおせんが、鼻唄《はなうた》まじりに厨房に向かう。

「山内の旦那、ありがとうね」

改めておとばが修馬に礼を述べた。

「あたしゃ、天にも昇るような気持ちよ。あたしがもっと若かったら、抱かせてあげたのにぃ。そうしたら、旦那が天に昇るような気持ちになれたのにねえ」

「いや、けっこうだ」

顔の前で修馬は手を振った。うふふ、とおとばが若い娘のように笑う。

「山内の旦那、うぶなのね」

「まあ、うぶはうぶだな」

まじめな顔でいい、修馬は口元を引き締めた。目に鋭い光をたたえて、おとばを見る。

おや、という顔をし、おとばがわずかに緊張したのがわかった。

「おとばに聞きたいのは防麻平帰散のことだ」

修馬はずばりと告げた。その言葉を聞いた途端、おとばは明らかにぎくりとした。

やはりこれはなにかあるな、と修馬は直感した。薬が売り出されるのとほぼ同時に防麻平帰散のことをおりよに教えることができたのは、おとばも今回の一件に絡んでいるからではないか。

「ぼう、なんとかとおっしゃいましたけど、なんですか、それは」

平静な表情を取り繕い、おとばがきく。

「防麻平帰散だ。おとば、知らぬか」

「えっ、ええ。――いえ、なにか聞いたような気はしないでもないんですけど。あたしゃ、もう歳だもんで、最近は物覚えがひどくなっちまって。あたしゃ、耄碌《もうろく》しちまっているんですよ」

――ふむ、食えぬばあさんだな。

その思いを顔に出すことなく、修馬は平然と話を進めた。

「防麻平帰散のことを、おとば、どこで聞いたのだ」

「えっ、ぼうま……。――さあ、あれはどこでしたかねえ」

天井を見上げて、おとばがぽかんと口を開ける。その顔を見る限り、本当に耄碌しているように思えないでもない。

だが芝居だな、と修馬は断じた。

「おとば、こちらがおとなしくしているうちにいったほうが身のためだぞ」

一筋縄ではいかないとはいえ年寄りだから脅したくはないが、ここは仕方がない。

修馬は腹を決め、やや口調を強めてきいた。

こわごわとした目でおとばが修馬を見る。

「山内の旦那は、いったい何者なんですか。ずいぶんと怖い目をしますねえ。ああ、怖い怖い」

おとばが身を震えさせる。口もわなわなさせている。

これも芝居だろう、と修馬は決めつけた。なにしろ、目が恐れていないのだ。

「俺はお内儀《かみ》にいわれて、おぬしのことを調べに来たのだ」

「えっ、御上に……」

絶句し、おとばが瞠目《どうもく》する。そうすると、まだ取り切れていない目やにが見えた。

「そうだ、お内儀の依頼だ」

「御上の依頼ということは、山内の旦那はお目付かなにかですか。町人や浪人の形《なり》をして、隠密で動き回ると聞いたことがありますけど」

「いま俺の身分を明かすわけにはいかぬ」

修馬は冷ややかに告げた。そのとき、おまちどおさま、とおせんが盆を持ってやってきた。畳の上にちろりと鰺《あじ》の煮つけ、冷や奴、きゅうりの漬物などが入った皿を次々と置いてゆく。

「こいつはまた豪勢だな」

「うちは味と盛りが売りなんで。それに、お侍にはずいぶん弾んでもらいましたからね」

最後におせんは、二つの杯をちろりの横に添えた。

「ちろりの中身は冷やだからね。どうぞ、ごゆっくり」

にこりと修馬に笑いかけて、おせんが厨房に去っていった。

「おとば、飲め」

飲めば、少しは口が軽くなるはずと修馬は杯をおとばに持たせ、ちろりを傾けた。

ありがとうございます、とおとばが遠慮することなく受けた。

「ああ、おいしい。世の中にこんなにおいしいものがあるんですねえ」

杯を一気に干し、満足そうに息をついた。

「おとば、少しは話そうという気になったか」

「ええ、ええ、こうなったらもうなんでも話しますよ」

「よし。——おとば、防麻平帰散のことをどこで知ったか、まず話せ」

「ええ、ええ、わかりましたよ。ええと、あれはどこでしたかねえ」

目を泳がせて、おとばが首をひねる。どうしようかな、といいたげな顔をしている。

まだこの俺をなめているのだ。

「おとば、なおもとぼけようというのか」

全身に殺気をみなぎらせ、修馬は畳の上の刀に手を伸ばした。すぐにでも刀を引き寄せて抜ける姿勢を見せつける。

「山内の旦那、まさかあたしを殺す気じゃないでしょうね」

さすがにおとばの顔が引きつる。

「このまましゃべらなければ、本当になにをするかわからぬぞ」

刀に手を置き、修馬は手元に引き寄せた。柄《つか》を持ち上げ、すっと鯉口《こいぐち》を切る。わずかにのぞいた刀身が、ぎらりと光を帯びる。

「脅しではない」

ひっ、とおとばが喉《のど》を鳴らす。

「よいか、おとば。防麻平帰散によって大勢の人死にが出ているのだ。実をいえば、俺は徒目付の命を受けて動いている。もしおとばが本当のことをいうのなら、口を利いてやろう。だが嘘《うそ》をついたり、合力を拒んだりすれば、口を利くことはできぬ。逆におぬしを獄門台に送ることになろう」

ぎろりと目玉を動かし、修馬はおとばを見つめた。

「ご、獄門台……」

息をのみ、男のように突き出た喉仏をおとばが上下させる。

「いや、おぬしは女だから、さすがに獄門はないかもしれぬ。罪を一等減じ、島流しというところか。——おとば、船は好きか。船が好きなら、島流しはよいぞ。長いこと船に揺られていられるゆえ」

「脅かしっこはなしよ、山内の旦那」

怖そうにいって、おとばが首をすくめる。

「脅しなどではない。おとば、すべて正直に話せば島流しにならずにすむ。せいぜいがお叱り程度だろう」

「お叱り……。山内の旦那、正直にいえば、本当にその程度ですむのね。鞭打《むちう》ちもないだろうね」

「鞭打ちか。あれは死ぬほど痛いらしいな。ああ、鞭打ちもない。俺を信じろ」

それでも、しばらくおとばは迷っている様子だった。もはやおとばにとぼけようという気はないことを、修馬は覚《さと》った。これなら遅かれ早かれ話すだろう。

開け放してある戸口から、わずかに風が吹き込んできた。どこかで風鈴が鳴り、涼しさを覚えたが、それも一瞬のことに過ぎず、すぐに暑さが戻ってきた。

風鈴の音色が聞こえなくなり、それを潮におとばが語りはじめた。修馬は刀を鞘に戻し、畳に置いた。

「あたし、お金をあげるからといわれて、客のような顔をして防麻平帰散の効き目を広める役目を引き受けたの。たくさんの人に買ってもらうように仕向ける役目よ」

「その手の者を確か、さくら、とかいうそうだな。おとば、誰に頼まれた」

「ある男の人に頼まれたの。でも、その男の人の名は知らないよ。聞かされなかったから」

修馬は、おとばの顔をじっと見た。嘘《うそ》をついているようには見えない。真摯さを感じさせる光が目にある。

「いつどこでその男に会った」

「二月ばかり前かしら、ここで会ったの」

「では、酒を飲んでいるときに話しかけられたのか」

「ええ、そうよ。そのときはまだこの店で飲ませてもらっていたのよ。今は姿が見えないけど、おせんちゃんの亭主に、お金が楽に入ってくる手立てなんかないかしらねえ、なんて話をしたあと、その男の人が話しかけてきたのよ」

そうか、と修馬はいった。金に困っているような者を見つけるのがその男の目的だろう。

「男は、ここでよく見かける顔か」

「ううん、あたしは初めて見る顔だった。あの人はここの常連じゃないね」

さてそれはどうかな、と修馬は思った。その男がさくらを捜す気でいたのだとしたら、安くてうまい店というのは、金に窮する者を見つけるのには最適ではないだろうか。おとばがいないときに、その男はこれまで何度か来たことがあるのではないか。

修馬はそんな気がした。

「男の顔は覚えているか」

修馬は新たな問いを発した。

「えっ、顔……。――無理よ。二月前にたった一度会った人の顔を、覚えているわけ、ないでしょう」

「だがおとば、思い出してもらわねばならぬのだ。人相書《にんそうがき》を描かなければならぬゆえ」

「へえ、人相書——。山内の旦那、私のいう通りに描けるの」

おとばは興味津々の顔だ。

「当たり前だ」

「山内の旦那、絵はうまいの」

「まずまずというところだろうな。特徴をつかむのは、手前味噌《てまえみそ》になるが、なかなかのものだと思うぞ」

「ふーん、そうなの」

懐から紙を取り出し、修馬は腰から矢立《やたて》を外した。

「おとば、男の顔を思い出したか」

「えっ、ちょ、ちょっと待ってよ」

手酌で立て続けに酒を飲み、おとばがちろりを空にした。ふう、と酒臭い息を吐く。

「山内の旦那は飲まないの。ああ、仕事中か。——よし、いいよ。今あの男の人の顔は頭の中にくっきりと映っているからね」

瞳に若さを覚えさせる光を宿し、おとばが挑むような顔つきになる。

この分なら当分耄碌することはないのではないか、と修馬には思えた。筆を手にとるや、おとばに男の顔の特徴をききはじめる。

最初はうまいこと顔貌《かおかたち》を語ることができず、おとばは歯がゆい思いをしていたようだが、男のややひん曲がった口を思い出してからは調子が出てきた。

半刻《はんとき》（一時間）後、五枚の反故《ほご》を出して男の人相書は完成した。

「ふむう、ずいぶん悪そうな顔つきだな」

人相書をしげしげと見て修馬はつぶやいた。

眉がそぎ取られたように薄く、目は怒ったようにつりあがっている。口はひん曲がり、鼻はあぐらをかいている。目の下の涙堂がひじょうにふくらんでいる。もしかすると、この男は涙もろいたちなのかもしれない。

歳は三十には達していないのではないか、とおとばがいった。

「この人、気前はとてもよかったよ。そのときはいい人に見えたけどね」

おせんに新しいちろりをもらったおとばが酒をちびりと飲み、きゅうりの漬物を歯もないのにぼりぼりと嚙んだ。

「だがおとば、よいか。その気前のよさの裏で、大勢の子供が死んでいるのだぞ」

「ああ、そうだった……」

おとばがしょんぼりする。すぐに顔を上げ、修馬にきいてきた。

「ね、山内の旦那、あたしはこれで本当に罪に問われないのね」

「罪に問われぬとはいっておらぬぞ。だが、お叱り程度ですむだろう」

「それを聞いて、ほっとした。肩の荷が下りた気分というのはこういうのをいうのねえ。もらったお金は返さなきゃいけないの」

「返すもなにも、おぬしはもう返せぬだろう。とっくに使ってしまったのではないか」

「ええ、その通りなのよ。返さなくても大丈夫かしら」

「そのあたりは平気だろう。俺からうまく話を通しておく」

「お願いね、山内の旦那」

「任せておけ」

人相書の墨はもう乾いている。人相書を丁寧にたたみ、修馬は懐にしまい入れた。土間の雪駄を履き、立ち上がる。

「もうお帰りなの」

残念そうにおとばがきいてきた。

「いや、まだ帰るわけにはいかぬ。ここの女将に話を聞くつもりだ」

「えっ、そうなの」

「おぬしは好きにやっていてくれ」

「うん、わかった。山内の旦那、ありがとう。つけを返してもらって、恩に着る」

「また聞きたいことができたら、力を貸してくれ」

「お安い御用よ」

にっこりと笑ってうなずいた修馬は、厨房に歩み寄って女将を呼んだ。

「なんでしょう」

にこにこしながら、おせんが修馬の前に立った。今は田楽豆腐でもつくっているようで、味噌の香ばしいにおいが一杯にしている。おせんは額に汗していた。

「これを見てくれるか」

懐から取り出し、修馬は描いたばかりの人相書を見せた。

「女将、この男を見たことはあるか」

火加減を気にしながらも手に取って、おせんが人相書にじっと目を落とす。

「ええ、あります。何度かうちに来たことがあります。——でも、山内さまとおっしゃったけど、お侍はどうしてそのようなことをきかれるのですか」

おせんが返してきた人相書を、修馬は受け取った。

「――おせんちゃん」

小上がりからおとばが呼びかける。

「山内の旦那は、御上の仕事をしているのよ。御徒目付の命を受けて動いているんですって」

「御徒目付。――本当ですか」

息をのみ、おせんが確かめてくる。

「うむ、おとばのいう通りだ」

「はあ、さようですか。……山内さまは御徒目付ですか。わかりました。なんでもお話しいたします」

おせんは納得顔だ。

「女将、この人相書の男が、おとばと話し込んでいたのを覚えているか」

おせんの記憶が本当に正しいかどうか、確認のために修馬はたずねた。

「ええ、よく覚えていますよ。あれは二月くらい前ですね。まだこんなに暑くない時季ですよ。あの頃が懐かしいですねえ。まだ涼しくて」

おせんの記憶は確かだ。七十近いと思えるのに、大したものである。

「ではきくが、おとば以外で、この男と親しげに話し込んでいた者はおらぬか」

修馬は、防麻平帰散のさくら役は一人ではないとにらんでいる。だとすれば、ほかの誰かが、ここ陶山で人相書の男に誘われたとしても不思議はない。

誘われたかもしれないその者は、もしかしたら、おとばが知っている以上のことを知っているのではないか。修馬にはそんな期待がある。

「ええ、話していた人はいますよ」

また火に目をやって、あっさりとおせんが肯定する。

「まことか。それは誰かな」

勢い込むことなく、修馬は冷静にきいた。

「網七《あみしち》さんです」

「網七というのは何者だ」

「うちの常連さんですよ。ただ、まともな職にはついていなくて、遊び人といっていい人ですねえ」

「網七は金に困っているのかな」

「うちにやってくるたびにいつも、金がないないって、ぴーぴーいっていますよ。ちゃんとまじめに働くようにって、あたしゃ、口を酸っぱくしていっているんですけどねえ」

網七も人相書の男に誘われてさくら役をしても、おかしくない男のようだ。

「網七に会いたいのだが、どこへ行けばよいかな」

「網七さん、博打《ばくち》がご飯を食べるよりも好きらしいんですけど、昼間っから博打はさすがにどうですかねえ。今は長屋でくすぶっているんじゃないですかねえ」

網七は奈良兵衛《ならべえ》店という裏店で暮らしているとのことだ。奈良兵衛店はここから一町（約一〇九メートル）も離れていないという。

そこまでの道筋を修馬は頭に刻み込んだ。

「ところで、網七はどのような顔つきをしているのかな」

「歳は四十前といったところですね」

意外にいっているのだな、と修馬は思った。

「右耳のところに目立つ傷があります。すごく大きな傷で、本人は熊《くま》にやられたっていっています。もちろん冗談なんでしょうけど」

「網七は江戸の者か」

「ちがいますねえ。どこから出てきたのか、前に聞きましたけど、あたしは忘れてしまいましたねえ。まったく駄目ですねえ。客商売なんだから、ちゃんと覚えておかないといけないのに。――ねえ、おとばちゃん。網七さんがどこの出か、覚えてる」

おせんが声をかけたが、おとばはもう潰《つぶ》れていた。壁を背に、うつらうつらしていた。

「あら、寝ちゃってる。おとばちゃん、ずいぶん弱くなったねえ」

寂しさを感じさせる声で、おせんがいった。

「網七がどこか在所の出というのなら、熊にやられたというのは、まことのことかもしれぬ。在所には、熊が出るところがいくらであるそうだからな。熊に襲われて、命を落とす者も少なくないそうだ」

「へえ、そうなんですか。怖いですねえ」

「江戸に熊はおらぬ。安心してよい」

おせんに深く礼をいった修馬は、心でおとばにも感謝の念を述べて、陶山をあとにした。

教えられた通りの道を行き、奈良兵衛店にやってきた。

頭上に雲が出てきている。おかげで若干、涼しくなり、長屋の狭い路地を通り過ぎる風も、幾分かさわやかに感じられた。

おせんによると、網七は右側の長屋のいちばん奥の店を住みかにしているとのことだが、残念ながら留守だった。

賭場《とば》だろうか。賭場に行っているとして、どこの賭場だろう。おせんに聞いておけばよかった。こういうところの間が俺は抜けているのだ。

いや、自分を責めるのはよそう。自分をおとしめて、あまりいいことはなかろう。なんでも前向きに考えるのがよいのだ。

ふと、網七の隣の店の戸が開いた。出てきたのは、いかにも遊び人ふうの男である。修馬と目が合い、胡散臭げに修馬を見たものの、男は会釈してきた。

うむ、と修馬はうなずきを返した。男は四十に達していないようだ。この男が網七ではないかと修馬は一瞬、思ったが、右耳のあたりに特に目立つ傷はない。

「おぬし、網七ではないな」

一応、修馬は確かめた。

「ええ。あっしは資太《すけた》と申しやす」

「資太とやら、網七がどこに行ったか知らぬか」

「やっぱり賭場じゃないですかね」

「この刻限にやっている賭場があるのか」

まだ昼の八つ（二時）過ぎという頃合だろう。

「もちろんありますよ」

資太によると、さる旗本屋敷だという。

「なんという屋敷だ」

「酒井《さかい》さまですよ」

酒井家といえば、譜代を代表する大名家である。先祖を同じ根っこに持つ旗本の数もまた多い。酒井屋敷など、この江戸にいったいいくつあるのだろう。

「その酒井屋敷は、ここから近いのか」

「ええ、まあ、近いといえば近いですね。お侍は銀座をご存じですかい」

「知っている。つまり酒井屋敷は銀座のほうにあるのか。ならば、確かに遠くはないな」

「銀座のそばに松島《まつしま》町という町がありやす。その町内に、松島稲荷ってちっぽけな稲荷が鎮座していやす。その稲荷と水路を挟んで南側に建っているのが、酒井さまのお屋敷でやすよ。三百五十石っていいやすから、あまり大したお屋敷じゃあありやせんけど、すぐにおわかりになると思いやすよ」

「そうか、かたじけない。網七はそこの賭場にいるかもしれぬのだな」

「賭場はそこしか知らないんじゃないですかね。すっからかんになっちまったら、後を引かずにさっさと帰っちまうようですけど」

借金してまでやらぬということだな。意外に引き際を心得ているようだ。

「では資太とやら、これでな」

「あっ、お侍、ちょっと待ってくだせえ。うかがってもよろしいですかい。お侍は、なんで網七さんをお捜しになっているんですかい」

「ちと話を聞きたいからだ」

「どんな話か、そいつは教えてくれないんでしょうねえ」

「まあそうだ」

「でしたら、お侍のお名をうかがってもよろしいですかい」

「資太、俺のことが気になるのか」

「そりゃそうですよね。隣人のことをいろいろ聞いてくる人のことが気にならないわけがねえ。――いえ、お侍がおいやなら、別に答えずともいいんでやすけどね」

「別に名乗れぬような者ではない。俺は山内修馬という」

「山内さまですかい。失礼ですけど、ご浪人ですかい」

「うむ、見ての通りだ。なんの後ろ盾もない浪人者よ。――資太、聞き忘れたことはないか。俺は行くぞ」

「へい。お引き止めして、まことに申し訳ありやせんでした」

深く腰を折る資太を見やってから、修馬は歩を進めはじめた。

資太というのは何者なのかな。俺のことを根掘り葉掘りきいてきたが。岡《おか》っ引《ぴき》の手下でも、つとめているのかもしれぬ。

江戸の平安を守ろうとしている者たちは見知らぬ者に対し、素性を知ろうとして、しつこいほどにこまごまと聞いてくることが少なくないのだ。

それとも、俺のことを知りたがった理由がほかにあるのだろうか。

考えてみたものの、修馬にはなにも思い浮かばなかった。


酒井屋敷は、資太のいった通りの場所にあった。

門は広い通り沿いにはなく、水路側の狭い路地を行った先にあった。そこから目を向けると、水路を挟んだ向こう側に小さな稲荷が確かに見えた。

このあたりまで来ると、海が特に近い感じがあり、潮が息苦しくなるくらい濃く香っている。

あまり立派とはいいがたい長屋門の前に、修馬は立った。門番らしい者はいない。長屋門は大きく開かれている。

この長屋門の中の中間部屋で、賭場が開かれているのだ。

気持ちを落ち着け、修馬は耳を澄ませてみた。確かに長屋門の中はざわざわしており、人が大勢いるのが知れた。

たいていの場合、旗本家の用人《ようにん》は、雇われ中間たちが暇に飽かせて博打に興ずるのを黙認している。中には、中間たちから寺銭《てらせん》を取っている豪傑もいるというから、驚きである。

「ごめん」

修馬は長屋門の下に足を踏み入れた。右手に出入口が設けられている。このあたりは町奉行所の長屋門と同じである。

出入口の中をのぞき込むと、狭くて急傾斜の短い階段があった。賭場は二階で開かれているようだ。

案内役らしき者はどこにもいない。勝手に階段を上がってゆくと、暑熱とは異なる熱気に包まれた。

賭場はなかなか広い。もともとは二つの八畳間だったのが、襖が取っ払われて、続き間になっているようだ。

そこでは二十人以上の男が、白い布をかぶせた盆ござのまわりに座り込んでいた。

誰もが全身から熱をほとばしらせ、目を血走らせている。大きな声を出す者は一人もいないが、まさに鉄火場との呼び名にふさわしい、火花を散らすような迫力に満ちていた。誰もが脇目も振らずに熱中している。

俺にはわからぬが、こんなことに血が沸くのだな。

修馬自身、博打向きの性格ではないことを知っている。目の前の賭場で行われているのは、最もよく目にする丁半のさいころ博打である。

客は十三、四人というところか。商人らしい者、浪人、金持ちの隠居とおぼしき年寄り、僧侶《そうりょ》か医者なのか頭を丸めた者もいる。

残りの者たちは、この賭場を仕切っている者たちだろう。やくざ者などではなく、酒井屋敷の雇われ中間にちがいない。

敷居際に修馬が立って賭場を見ていると、目つきの悪い中間の一人が近寄ってきた。

「お侍、ここは初めてですかい」

「うむ、そうだ。だが、俺は遊びに来たわけではない。人捜しに来たのだ」

「ほう、誰を捜されているんですかい」

男がいぶかしげに修馬を見る。

「網七という男だ」

「ああ、網七さんですかい。でも、今日は来ていませんよ。珍しいこともあるものですね」

「昨日は来たのか」

「ええ、いつものように来ましたよ。相変わらず負けて帰っていきましたけどね」

へへ、と小馬鹿にしたような笑いを男が見せた。

「網七は、よその賭場に行くようなことはあるのか」

「あるかもしれませんけど、多分うち以外に行くことはほとんどないでしょうねえ。なにしろうちに入り浸りですからねえ」

「おぬし、どこか網七が行きそうなところに心当たりはないか」

「長屋に帰ってはいないんですね。でしたら、あっしにはわかりませんや。網七さん、女がいるって話も聞かないし。――網七さん、なにかやらかしたんですかい」

「いや、ちと話を聞きたいだけだ。悪さをしたわけではない」

「さいですかい」

不意に首をひねるや、男が考え込んだ。

「どうかしたか」

「いえ、ちょっと網七さんのことで思い出したことが。でも、大したことじゃないんで、お侍の用事には関係ないでしょうね」

「網七のことならなんでもよい。聞かせてくれるか」

へえ、と男が小腰をかがめた。

「昨日のことなんですが、あの人は確か、と網七さん、つぶやいていやしたよ。なにか急に思い出したような感じでしたねえ」

「あの人、といったのか。それ以上のことはいわなかったのか」

「へえ、いってませんでしたねえ。なんですかい、とあっしもきいてみたんですけど、なんでもねえんだ、とそっぽを向かれちまいましたよ」

それでは仕方ないな、と修馬は思った。あの人は確か、という言葉が、網七のいそうな場所につながる手がかりにはなりそうにもない。これ以上、ここにいても得ることはなかろう、と判断し、修馬は男に礼をいって階段を下りた。

「お侍、今度は人捜しではなく、遊びに来てくだせえ」

一緒に階段を下りてきた男が、にこやかに誘う。

「すまぬな、俺は博打に興味はないのだ」

「一度やってご覧になるといいですぜ。はまりやすから」

「それが怖いのだ。それこそ、おぬしらの狙《ねら》いにはまることになろう。とにかく俺は博打はやらぬ。性分に合っておらぬのだ」

「そいつは残念ですね。お侍は、肝が据わっていそうだ。勝負事には向いていらっしゃると思いますがね」

ふふ、と修馬は笑った。

「誰にでも同じことをいっているのではないのか」

「そんなこと、ありゃしませんぜ」

それ以上、男を相手にせず、修馬は長屋門の出入口を抜けて酒井屋敷の外に出た。賭場の上空に居座っていた雲はとうに流れ去り、青い空がどこまでも広がっていた。賭場の熱気はここまで追いかけてこず、修馬はわずかながらも涼しさを感じた。

ではな、と背後の男にいって、西側の小さな橋を目指して歩き出した。日本橋の繁華街がほど近いといっても、あたりは武家屋敷ばかりで、人けがほとんどなく、ひっそりと静まり返っている。賭場の渦巻くような熱気が嘘のようだ。

さて、これからどうするか。手がかりが切れたぞ。

なんとか、いい考えをしぼり出さなければならない。

——どうすればいい。

喉《のど》の渇きを覚えた。腹も空《す》いている。陶山でなにか腹に入れておけばよかったな、と思ったが、後の祭りである。

近くに店らしいものはまったくないようだ。繁華街のほうへ戻らなければ駄目だろう。

あと五間（約九メートル）ほどで目当ての橋に着くというとき、いきなり背後で剣気がふくらんだ。

——なにっ。

そのような気配はこれまで一切感じていなかった。迂闊《うかつ》だった。刀が迫りくるその瞬間、修馬の頭に浮かんだのは、時造そっくりの男である。またあの男が襲いかかってきたのではないか。

容赦ない斬撃《ざんげき》に見舞われ、やられた、避けられぬ、と修馬は思った。だが、体は心ほどにあきらめがよくなかった。

修馬の気づかぬうちに勝手に動いていたのだ。両手を前に突き出して、修馬は前に跳んでいた。体を投げ出すようにし、地面でごろりと一回転する。

刀を振りかざして刺客が追いすがってくるのを、修馬は肌で知った。あわてて起き上がるや、三間ばかり一気に走って刺客との距離を置こうとした。それから刺客に向き直った。

だがそのときには、すでに上段から刀が振り下ろされていた。刺客は足音を立てることなく近寄ってきていたのだ。

刀を抜こうと思ったが、そんなことをしていたら、確実に斬《き》られることを修馬は覚った。

代わりに横に素早く動いた。風を切る音が耳元をかすめてゆく。やられたか、とひやりとしたが、どこからも血は出ていない。鬢《びん》もかすられてはいないようで、髪がはらはらと落ちてゆくようなことはなかった。

刺客は侍のようだ。これだけ遣えるということは、防麻平帰散をつくった者どもは、かなりの腕の者を送り込んできたというわけだろう。

胴を裂こうとした斬撃を後ろに跳んでかわし、修馬は刀をすらりと抜いた。最も危ない瞬間をくぐり抜けて、さすがに安堵の思いがある。

こやつは甘いな、と刺客を見つめて修馬は思った。おぬし、踏み込みをもっと深くしなければ人は斬れぬぞ。

真っ昼間に襲ってきたのは自信のあらわれかもしれないが、踏み込みが浅くなるのは、人を斬るということへの覚悟がなさ過ぎるということではないか。この男の底が見えたような気がし、ふふ、と修馬は小さく笑いを漏らした。

その笑いにぎょっとしたらしく、刀を正眼に構えたまま、刺客が固まったように動きを止めた。

この暑いのに、刺客は頭巾《ずきん》をかぶっている。よく光る二つの目がこちらを油断なく見据えているが、修馬に得体の知れなさでも感じているのか、どこか薄気味悪げにしている。

ふう、と修馬はひそかに息をついた。さすがに真剣で襲いかかられると、恐怖が先に立って疲れが倍増する。足がいまだにがくがくしている。

――それにしても、ついに襲ってきやがったか。むしろありがたいくらいだ。なにしろ、こちらは種切れになりかけていたのだからな。こやつを捕らえ、洗いざらい吐かせてやる。

仮に、すべてがわからずとも、少なくとも糸口くらいはつかめるはずだ。

こやつは本気で俺の命を取ろうとしていた。俺の動きを封じたくてならぬのだろう。つまり俺は、防麻平帰散をつくった連中の気に障ることをしているのだ。これは、すばらしいことではないか。

よし、こやつを引っ捕らえてやる。おまえの腕前はだいたいわかった。いい腕をしているようだが、俺とさしたる差はあるまい。

なにしろ、後ろから襲ってきて俺を仕留められなかったのだからな。その程度の腕ならば、きっとなんとかなろう。

もし相手が徳太郎や勘兵衛ならば尻を向けて逃げ出すところだが、似たような腕の男なら、やり合って損はない。気合で勝負だ。

この俺が、気迫や胆力で人に負けるわけにはいかぬのだ。これまでずっとそれで乗り切ってきたのだから。

ここで臆したら、積み上げてきたすべてが台無しになりかねぬ。肝っ玉の太さで負けたら、山内修馬ではない。

丹田《たんでん》に力を入れ、修馬は全身に気迫をみなぎらせた。殺すわけにはいかぬが、こやつの命を絶つという覚悟を決めてやり合うしかあるまい。でなければ、まず勝てぬ。

でやあ。叫び声を発して、修馬は刺客に向かって突進した。二間ばかりあった距離が一気に半間に縮まり、修馬の間合に刺客が入った。腕に力を入れることなく、上段からふんわりとした感じで刀を振ってゆく。

全力で刀を振り回して、いいことは一つもない。刀は力を抜いて振ったほうが鋭さと切れが増すのだ。

余裕を持って修馬の斬撃を見つめていた刺客は、ぎりぎりで横に動いて刀をかわし、瞬時に攻撃に移ろうと考えていたようだ。だが、泡を食ったように、さらに後ろへと下がらざるを得なかった。

修馬の刀がぐんとひと伸びし、刺客の頭巾を切り裂こうとしたからだ。実際のところ、修馬の刀の刃先は頭巾に届いたようで、一寸(約三センチ)ほどの裂け目が入ったのがはっきり見えた。

うっ、とうなって、刺客が狼狽《ろうばい》したのが知れた。修馬はかまわず再び踏み込んでいった。袈裟《けさ》懸《が》けに刀を打ち下ろしてゆく。今度も腕から力を抜き、斬撃の切れを高めることだけに神経を集中した。

ぴっ、と音がし、またも修馬の刀が頭巾に触れた。刺客はかわしたものの、二寸ほどの大きさの穴ができた。そのために目だけでなく、左の頰までも見えるようになった。

よいか、きさま。修馬は刺客を見据え、心で語りかけた。ここまで踏み込んで、ようやく頭巾を切ることができるのだ。体を両断するのに、いったいどれほど踏み込まねばならぬか、わかろうというものだ。

こやつを捕らえるのには、と修馬は思った。しかし、まだまだ間合が足りぬ。もっと深く踏み込まねばならぬ。

よし、必ず次で決めてやる。もう間合は十分に計った。しくじることはもはやない。

肝心なのは、とにかく死ぬ覚悟で斬り込むことだ。こやつに勝つにはそれしかない。ここで斬り死にしてもかまわぬ。

もし思い切り踏み込んで、逆に目の前の男に斬り殺されるようなことがあれば、それも運命としかいいようがない。ここで死ぬのなら、どのみち長生きはできぬだろう。

どうりゃあ。刺客の腹の底まで響かせるような気持ちで修馬は声を張り上げ、刀を上段に振りかざした。行くぞっ。おのれに気合を入れて、これ以上は無理だというところまで一気に足を踏み出し、えいや、と刀を落としていった。

修馬の気迫にのまれたように、刺客は一歩も動かない。

このまま斬り殺すことになるかもしれぬ、と修馬は感じたが、今さら刀は止まらない。

と思ったら、正眼に構えていた刀を、刺客がいきなり突き出してきた。

うおっ、と修馬は心中で叫んだ。修馬の踏み込みの深さを、ものの見事に刺客は利用したのである。

刀尖《とうせん》が修馬の視野の中で一気にふくれあがり、鞠《まり》ほどの大きさになった。

——よけられぬ。

だが、死ぬ覚悟を決めた以上、死ぬことへの怖さはない。修馬の頭をよぎった思いは、こやつを道連れにする、ただそれだけだった。

どうせこの突きをよけられぬのなら、と修馬はかわすことなど一切考えず、なおも深く踏み込むことだけに専心した。そうすれば、刀が我が身を貫いたあと、敵の体は必ずや両断されているだろう。

その決死の思いが刺客の胸奥に達したか、修馬の首の皮を突き破ろうとする寸前まできていた刀尖がさっと横に動いた。修馬の斬撃をかわすために刺客が飛び退《の》いたのである。

そのせいで刺客の刀は修馬の首に届かず、傷一つ残すことはなかった。修馬の斬撃も空を切った。

あっ、よけやがった。こっちが死ぬ覚悟をかためたっていうのに、この野郎、なんてことしやがる。命惜しみしやがって。人を殺しに来て、最後の最後で怖《お》じ気《け》づくとはなにごとだ。

目をみはって、刺客は修馬を見ている。刀を構えてはいるものの、疲れ切っているのか、肩で息をしている。修馬が捨身で突っ込んできたことが、どうにも信じられずにいるようだ。瞳が揺れている。

ということは、と修馬は断じた。きさまは命を捨ててかかってきておらぬのか。

——そんな覚悟で人を斬れると思っていたのか。つまり、きさまには、守るべきものがあるのだな。どこかの家中《かちゅう》の者か。おそらく上の者にいわれて、この俺を斬りに来たのであろう。だから、半端な覚悟しかないのだ。もしきさまが死ぬ気で襲っていたら、俺はとっくにあの世に行っていたはずだ。

ふむ、もう斬りかかってくる気は失せたか。ならば、こちらから行くぞ。今度こそ、きさまに必殺の斬撃を浴びせてやる。

気合は全身からほとばしらんばかりであるものの、名刀の刀身のように、修馬の心は冴《さ》え冴《ざ》えと静まり返っている。

——俺は勝つ。きさまを捕らえてやる。

わずかに腰を落とし、修馬は再び突進しようとした。だが、その一瞬前に、刺客のほうがくるりと体をひるがえした。あっという間に修馬との距離が五間ばかりに広がった。

なにが起きたのか、修馬はすぐには解せなかった。はっと我に返り、刺客が逃げはじめたことを知った。

そうはさせぬぞ、と叫び、修馬は追いはじめた。

刺客の足は止まらない。橋を渡り、日本橋のほうへと向かう。

待ていっ。修馬はひたすら追った。二町ばかり走ったが、刺客との距離は詰まらない。修馬は決して足が遅いほうではないが、刺客も走ることを苦手としていないようだ。

なおもあきらめることなく修馬は追い続けたが、繁華街が近づいてきたところで大勢の人の波にぶつかってしまった。人をよけるのに苦労しているあいだに、刺客の姿は雑踏の中に消えてしまった。

どこか路地にでも逃げ込んだのかもしれないが、もはや追いつけない。修馬は足を止めるしかなかった。

——くそう、逃がしてしまった。

刺客のいなくなった方角をにらみつけ、修馬は両肩を激しく上下させつつ歯嚙みした。

抜き身を手にしている修馬を見て、町人たちが道を大回りしてこわごわと避けてゆく。

首を振り、修馬は刀を鞘におさめた。

なんてことだ。千載一遇の機会を逃してしまった。しくじり以外のなにものでもない。

俺に徳太郎ほどの腕があればいいのに。さすれば、こんな思いをしなくてすむのに。強くなりたい、と修馬は心の底から思った。だが、どんなに修行を積んだところで、徳太郎や勘兵衛ほどの域に達することはあり得ないだろう。もともとの素質がちがいすぎるのである。

素質が足りぬ者が強くなるのには、どうしたらよいのか。努力だけでは埋めようがないものを、どうすれば補うことができるのか。

ふう、と修馬は鼻から太い息を吐いた。

まあ、いい。俺はまちがった方向へは進んでいないのだ。手がかりを失った今はまだいい手立てが見つからないが、このまま自分が正しいと思う方角へ堂々と歩んでゆけばよい。

二

心が躍る。

「まちがいないか」

上がり框《がまち》から腰を浮かして身を乗り出し、徳太郎は目の前に座る男に確かめた。

「ええ、まちがいございません」

自信たっぷりに男がうなずく。

「あっしは以前、羽つきの馬の金細工をつくったことがありますよ」

――ついに見つけたぞ。

目を閉じ、徳太郎は大きく息を吐いた。体から力が抜けてゆくような感じがある。

だが、これで終わりではない。ここで脱力していては、どうしようもない。クロを殺した下手人につながる手がかりを、つかんだに過ぎないのだ。

それにしても、と徳太郎は思った。ここまで来るのに、いったい何人の錺《かざり》職人に会ったことか。二十人では利かないだろう。

正直、無駄なことをしているのではないか、と他の手立てを考えてみる気にもなった。だが、愚直に錺職人をしらみ潰しにしてゆくべきだ、と考え直した。その甲斐《かい》があったというものだ。

実際のところ、金の馬をつくったことのある錺職人は何人かいた。

だが、羽つきの馬となると、これまで一人たりともいなかったのだ。

それも当然だろう。馬に羽が生えている意匠など、いったい誰が考えるだろう。

「ところでおぬし、名はなんという」

目を開き、上がり框に再び腰を下ろして徳太郎は改めてたずねた。

「へい、伝五郎《でんごろう》と申します」

しわがれた声で男が答えた。少し背が曲がって、顔はしわ深く、目が落ち窪《くぼ》んでいる。それらはみんな、この仕事を長年続けてきた証《あかし》以外の何物でもない。

伝五郎の全身からは、錺細工の仕事なら誰にも負けないという自負がにじみ出ている。

——この域までくるのに、伝五郎はどれだけの年月を重ねてきたものか。相当の努力をしたはずだ。俺も歳を取ったとき、剣の腕はまちがいなく上がっているのだろうか。

「伝五郎、仕事の邪魔をしてまことにすまぬが、たずねたいことがある。かまわぬか」

「はい、なんなりとどうぞ」

篤実な性格らしく、伝五郎が背筋を伸ばして正座し直した。徳太郎に真摯な眼差しを向けてくる。

この家は仕事場として使っているようで、伝五郎しかいない。弟子とおぼしき者は置いていないようだ。伝五郎の技を継承する者がいないということか。もったいないな、と徳太郎は思った。

「その羽つきの馬をおぬしがつくったのは、いつのことだ」

ええと、といって伝五郎が考え込む。

「かれこれ三十年前になりましょうか」

「ほう、だいぶ昔のことだな。誰かに頼まれてつくったのだな。誰の依頼だ」

「あれは羽馬《はま》さまというお侍ですよ」

考えるまでもなく伝五郎が即答してみせる。どこか懐かしげだ。

「珍しいお名だったもので、今もはっきり覚えておりますよ」

「武家の依頼だったか。そうか、羽馬《はねうま》と書いて『はま』と読ませるのか。変わった名字だが、どこか在所の者か」

「そうだと思います。参勤交代で江戸に出ていらしたのはまちがいないでしょう。確か、家宝にしたいからと、羽つきの金の馬を注文されました。代は、五両か六両だったような気がいたしますね」

在所から出てきた勤番《きんばん》侍にとって、決して安い額ではないだろう。家宝というなら、今も大切にされているのではないか。

犬にのみ込まれてしまった家宝を取り戻すために、腹を裂いたということか。やり方としては乱暴すぎるが、それだけ羽つきの金の馬が大事だったということは、理解できないこともない。

「その羽馬という勤番侍だが、どこの家中の者か、伝五郎は覚えているか」

「はて、あれはどちらでしたかねえ」

思い出そうとして、伝五郎が盛んに首をひねる。天井を見つめ、眉根を寄せて考え込んでいる。

「……お侍、まことに申し訳ありませんが」

眉をくもらせて伝五郎が徳太郎を見る。

「思い出せません。前は覚えていたのかもしれませんが、あっしも耄碌したものですよ。情けないったら、ありゃしねえ」

「いや、名字だけでも忘れずにいてくれたのはありがたい。大したものだぞ、伝五郎」

少し間を置いてから、徳太郎は新たな問いを発した。

「その羽馬という侍だが、当時、何歳くらいだった」

そうですねえ、と伝五郎が顔をうつむけ、記憶をたぐり寄せようとする。

「多分、三十になったか、ならずやではなかったかと思います。羽馬さまにお目にかかったのは、注文をいただいたときと品物をお渡ししたときの二度だけでしたが、まずまちがいないものと」

となると、今は六十くらいか。隠居していてもおかしくはない。六十を過ぎて現役を続ける者も、武家にはもちろんいないわけではない。

「手前は、品物は半月ほどでできあがります、と羽馬さまにはお伝えし、羽馬さまは余裕を見られたのでしょう、注文されてから二十日ばかりのちに見えました」

そのときのことがよみがえったのか、伝五郎がわずかに相好を崩した。

「でき上がった羽つきの金の馬をご覧になって、羽馬さまはずいぶんうれしそうにされていました。あの喜びようは、今でも目に浮かびますよ。つくったあっしのほうがうれし涙を流すくらいでした。——ああ、いま急に思い出しましたけど、確か羽馬さまの主家は越中《えっちゅう》か加賀《かが》、越前《えちぜん》あたりではなかったでしょうかね。特に越中には羽馬という姓が多いのだ、とおっしゃっていたような気がいたしますから」

もし越中だとするなら、と徳太郎は思った。羽馬というその侍は、百万石で知られた前田《まえだ》家に仕えていたことになる。

前田家の本城は加賀の金沢だが、越中も領地なのだ。越中唯一の城下町である富山《とやま》は、前田家の分家の領地になるらしいが、百万石の内であることに変わりない。羽つきの金の馬を伝五郎に注文した羽馬という侍は、前田家の家中の者なのだろうか。今も前田家に奉公しているのか。

それとも、とうに隠居し、今はせがれが家を継いでいるのだろうか。歳が歳だけに、もう鬼籍に入っているということも考えられる。

前田家に羽馬家という家臣の家があるか、調べるすべはあるのか。百万石ともなると、いったいどれだけの侍が仕えているものなのか、徳太郎は呆然《ぼうぜん》とする思いだ。

だが、なにもせず手をこまねくわけにはいかない。とにかく前田家のことを調べられるだけ調べるしかあるまい。徳太郎は決意を固めた。すでに道場の師範には、クロを殺した下手人が見つかるまで休んでよい、といわれている。

「伝五郎、頼みがある。――おぬしがつくった羽つきの馬の絵を描いてくれぬか」

「お安い御用ですよ」

にこにこと笑って伝五郎が快諾する。

「三十年前、羽馬さまとも絵を描いて打ち合わせをしたものです。絵を見ながらのほうが、わかりやすいですからね」

伝五郎が自分で紙を用意し、筆をとる。徳太郎は腰から矢立を取り、墨壺《すみつぼ》を渡した。

「ああ、すみません」

一枚の紙を仕事机の上に置き、伝五郎がすらすらと描きはじめる。

徳太郎の胸の鼓動が五十ほどを打ったと思える頃、あっさりと描き終えた。

「こんな感じだったと思います。大きさもだいたい絵の通りですよ」

渡された絵を手に取り、徳太郎はじっと見た。馬の大きさは、小間物売りの次郎作がいっていた通り、一寸ほどだろう。今にも飛んでいきそうな迫力が馬にみなぎって躍動している、と徳太郎は感じた。

「こいつは、本当に人を乗せて空を飛び回りそうだな」

「ええ、でき上がった当初、あっしも同じことを思いましたよ。なかなかいい出来でしたねえ。当時はあっしもまだ若くて、技は未熟だったが、こいつだけは魂が入ったというのか、うまいこと仕上がりましたね」

伝五郎はいかにも誇らしげだ。

「伝五郎、この絵をもらってもよいか」

「もちろんですよ。そのつもりで描きましたからね」

かたじけない、と徳太郎は頭を下げ、絵を丁寧にたたんで懐にしまい入れた。

「しかしお侍は、どうしてそんな昔の細工のことを聞きにいらしたんですか」

不思議そうに伝五郎が問うてきた。

「ちと子細があってな。羽つきの金の馬の持ち主を捜さねばならなくなったのだ」

「はあ、そうですか。なにやら深いわけがありそうですね」

「まあ、そうだな」

「見つかりそうですか」

「なんとしても見つけ出さねばならぬ。おぬしに大きな手がかりももらったことだし」

「がんばってくださいましね」

「うむ、力は尽くすつもりだ」

上がり框から徳太郎は立ち上がった。

「忙しいところ、伝五郎、すまなかったな。助かった」

「いえ、なにもお構いできませんで」

「ところでこの金の馬だが、羽馬という侍はなにに使うといっていた。根付《ねつけ》に使うとか、そういうことはなかったのか」

「一寸ばかりですからひじょうに小さいですが、羽馬さまは在所のお屋敷の玄関に飾ると口にされていたような気がいたします……」

「置物にするつもりだったのか。そうか、これほどの馬なら、いかにも縁起がよさそうだものな。幸運がやってきそうだ」

「そうだったら、本当によろしいんですが」

ということは、と徳太郎は考え込んだ。在所の屋敷の玄関に飾られたはずの金の馬が、三十年後、江戸で犬にのみ込まれたことになるのか。

これはどういうことか。羽馬のせがれが勤番で江戸に出てきて、わざわざ金の馬を持ってきたというのだろうか。

考えられないことはないが、徳太郎の中でなにかしっくりとこない。きっとほかのわけがあって、羽馬のせがれなり縁者なりが江戸に持ってくることになったのではあるまいか。家宝なら手放せるはずがないのだ。

いや、そうではなく羽馬家の屋敷から盗み出されたのか。あるいは、羽馬家の者が売りに出したということも考えられる。

だとすると、クロの腹を裂いたのは、羽馬という侍とは関係ない者か。

とにかく、と徳太郎は思った。あれこれ考える前に動くことだ。調べ上げて、すべてを白日のもとにさらしてしまえばよいのだ。

俺がすべきことはそれだけだ。

厚く礼をいって徳太郎は、どこか名残惜しそうにしている伝五郎の家をあとにした。

羽馬という侍を捜し出す。それには、どこを当たればよいのだろう。

そんなことに頭を巡らせていると、不意に徳太郎は眼差しを感じた。じっとりと粘るような目である。

眼差しを感じた方角に顔を向けると、こちらをじっと見ている一人の年寄りが、十間ほど離れた薄暗い路地の入口に立っていた。

まちがいない。あの年寄りが粘り着くような目の持ち主だ。だが、なにゆえあのような眼差しを向けてくるのだろう。

この俺の命を狙っているのか。いや、そのような者には見えない。俺が命を狙われる理由もない。クロ殺しに関係している者ということはないだろうか。

それとも、あの年寄りが羽馬ということは、考えられぬだろうか。

だが、身なりはどこをどう見ても町人である。十間の距離があるとはいえ、年寄りに侍のにおいは一切しない。根っからの町人としか思えない。

つと路地を出て、年寄りが足早に近づいてきた。歳は六十をいくつか過ぎているだろうか。歳の割に足腰は達者そうである。

徳太郎から目を離すことなく歩いてきて、年寄りが足を止めた。ぎらついた目をしている。額に二本の太いしわが走っていた。

「お侍、羽がついた金の馬の細工を捜しているそうですね」

いきなり年寄りがいったから、徳太郎は驚きを禁じ得なかった。

「おぬし、なにゆえそのことを知っている」

「さる者から知らせをもらったんですよ。なんでも、若いお侍が急に訪ねてきて、羽のついた金の馬の細工をつくったことがないか、と聞いていったというんですからねえ」

聞き回った錺職人の誰かだろう、と徳太郎は見当をつけた。なにか変わったことがあれば、知らせるようにこの年寄りから頼まれていたにちがいあるまい。

「うむ、それは紛れもなく俺のことだ。だがおぬし、なにゆえそのことを気にするのだ」

「あっしは世良造《せらぞう》といいます。もうやめちまいましたが、以前は岡っ引をしていました」

わずかに胸を張って男がいった。元岡っ引なのか、と徳太郎は世良造と名乗った男を見た。なるほど、それも納得できる目の鋭さをしている。昔は腕利きで知られていたのかもしれない。

「俺も名乗っておこう。朝比奈徳太郎という」

「朝比奈さま……」

「――ところで、元岡っ引がなにゆえ金の馬の細工のことを気にするのだ」

「金の馬というのなら、あっしも気にしませんよ。それに羽がついているというから、気にしたんですぜ」

「どういうことだ」

「あっしは勘ちがいしていたんです」

「なにを勘ちがいしていたというのだ」

「ずっと金の蝶々《ちょうちょう》だと思っていたんですよ」

「羽の生えた馬を蝶々だと勘ちがいしていたというのだな」

「ええ、そういうこってす」

顎をさすり、徳太郎は世良造を見つめた。

「世良造、正直、おぬしがなにをいっているのか、俺にはさっぱりわからぬ」

「そうでしょうね」

世良造がおかしそうに笑う。そうすると、意外に人懐っこそうな顔になった。

「あっしの中でそんな勘ちがいがどうして生まれたのか、話せばちと長いんですが――」

ふと世良造が、きょろきょろとあたりを見回した。

「朝比奈さま、あの茶店に入りませんかい」

暑さにやられてしぼんでいるようにしか見えないが、半町ほど先に茶店の幟《のぼり》が眺められる。

「うむ、よかろう。俺もちょうど喉が渇いてきたところだ」

「では、まいりましょう」

徳太郎の前に出た世良造が、茶店を目指して歩いてゆく。足取りはずいぶん軽い。

岡っ引をやめた今も、江戸の町を歩き回っているのではないか。

その小柄な背中を見ながら徳太郎は、どんな話が聞けるものかと、わくわくしていた。こうしてみると、探索という仕事も悪くない。いろいろな人に会えるし、さまざまな話を聞くこともできる。手がかりを見つけたときの快感は、他では得がたいものがある。

ごめんよ、といって茶店に入り込んだ世良造が縁台の前に立ち、先に徳太郎に座るよう仕草で示した。

すまぬ、と顎を引いて徳太郎は縁台に腰を下ろした。それを見てから、少し遠慮したような感じで世良造が縁台に尻を預ける。

「冷たい茶をくれぬか」

寄ってきた小女に徳太郎は頼んだ。承知しました、と小女が明るい笑みを浮かべた。

「俺は、あったかいのにしてくれるかい」

小女に告げた世良造が徳太郎をちらりと見やって、しわを深めて笑う。

「年寄りなんで、冷たいのは体にこたえるんですよ」

「そういうものか」

「ええ、そういうものです。朝比奈さまもお歳を召したら、必ずわかりますぜ」

きっとそうなのだろうな、と徳太郎は思った。世良造を見つめて、水を向ける。

「それで勘ちがいという話だが」

さいでしたね、と世良造がうなずいた。

「実際、勘ちがいしたのは、あっしではないんですよ。あっしの兄の環吉《かんきち》なんです」

「おぬしの兄……」

「あっしの兄は下働きとして、川下屋《かわしもや》という醤油問屋に奉公していました」

いましたということは、と徳太郎は思った。もう奉公はしていないということだろう。あるいは、もうこの世に環吉はおらぬのか。

「川下屋は、なかなかの繁盛店として知られていました。それがあだとなったか、ある晩、押し込みに入られやした」

「なんと」

「家人や奉公人は一室に押し込められた上で全員が縄を打たれ、猿ぐつわをされました。そんな中、隙《すき》を見て賊に躍りかかった者がいたんです。しかし、すぐに賊は刀を振るいました。その者は手傷を負わされ、畳の上に倒れ込みました」

もしやそれが環吉か、と徳太郎は思った。

そのとき、お待たせしました、と小女がやってきて、縁台の上に茶托《ちゃたく》とともに湯飲みを置いた。徳太郎の湯飲みの茶は濃い緑色をし、世良造のそれからはほかほかと湯気が立っていた。ごゆっくりどうぞ。小女が一礼して去っていった。

それを見届けて世良造が改めて口を開いた。

「お察しの通り、賊に躍りかかった者が環吉です。兄は、そのときの傷がもとで死にやした」

世良造は無念そうにうつむいた。やはりそうだったか、と徳太郎は瞑目《めいもく》した。

湯飲みを手に取り、世良造が口をつける。

「ふむ、こいつはうめえな」

しみじみと味わって茶を飲む姿は、どこぞの好々爺《こうこうや》にしか見えない。本来なら、そういう人生を送るべき男だったのではないか。徳太郎はそんな気がした。

「――兄を殺した押し込みは一人でした。川下屋のあるじに金蔵を開けさせ、千両箱を一つ奪っていきやした。金蔵に千両箱はまだいくつかあったようですが、それには見向きもしなかったそうですよ。もっとも、一人では千両箱一個を運ぶのが精一杯だったんでしょう。その賊は江戸の闇に消え去り、いまだに捕まっておりやせん」

「その押し込みがあったのは、いつのことだ」

「十二年前の今頃のことですよ。まったくもって暑い頃でしたねえ」

「おぬしは、今もその賊を追っているのだな」

「そういうこってす」

瞳に深い色をたたえて世良造がうなずいた。

「その川下屋への押し込みと、金の馬の細工はどうつながってくるのだ」

最も知りたかったことを、徳太郎はきいた。

「それはですね」

もったいぶったわけではないだろうが、世良造が色の悪い舌で唇を湿した。それからゆっくりと茶を喫する。

湯飲みを持ち上げ、徳太郎も冷たい茶に口をつけた。苦みが口に広がり、気分がしゃきっとする。ふう、と自然に吐息が漏れた。

「夜明け近くになって、ようやく奉公人の一人が縛《いまし》めを解くことができやした。その奉公人は急いで御番所に駆け込みやした。押し込みに入られたのが川下屋と聞き、あっしはすぐに駆けつけました」

そのときの様子が、徳太郎には目に見えるようだった。

「寝床に寝かされた兄を、町医者が必死に診ておりやした。うなるように顔をしかめていた兄があっしに気づき、必死に目で語りかけてきたように見えました。あっしは枕元《まくらもと》に座り、兄の口に顔を寄せやした。そのとき兄はあっしに、金の蝶々とささやいたんですよ。もっとも、ささやいたんではなく、最後の力を振りしぼっていったんでしょう。そのあと兄の頭が落ち、息絶えやした」

「その金の蝶々というのは、賊が所持していた物なのだな」

ええ、と世良造が首を縦に動かす。

「兄がむしゃぶりついていったとき、懐にあったそれを賊が落としたようなのです。金色のなにかが畳に転がったのを、川下屋の者が見ていますからまちがいありやせん。

部屋には明かりもなくひどく暗かったようですから、すぐに拾い上げられたそれを、兄が蝶々と見まちがえたのは仕方のないことでしょう」

力なげに世良造が首を振る。

「しかし、そのおかげであっしはずっと金色の蝶々を探し続ける羽目になったわけですがね。まさか、羽のついた馬とは思いもしなかった」

「金の蝶々以外、賊につながる手がかりはなかったのか」

「ありやせんでしたね。あっしの力不足かもしれねえが。刀の使いっぷりからして賊は侍ではないか、ということでしたけど、あの当時から剣術を習う町人はすでに大勢いましたからね」

徳太郎が師範代をつとめる賀芽《がが》道場でも、町人はことのほか多い。しかも侍よりずっと熱心で、技の上達が早い者が少なくない。

「賊は、川下屋一軒で仕事を終えたわけではありやせんでした」

「ほかにも押し込まれた店があるのだな」

「もう一軒あったんです。五十鈴屋《いすずや》という油問屋でした。川下屋が押し込まれてから、ちょうど十日後でした。川下屋と同じように家人や奉公人が一室に押し込められやしたが、五十鈴屋では手向かう者は一人もなく、死者は出ませんでした。賊は、五十鈴屋からも千両箱を一つだけ取っていきました。手口からして、同じ者の仕業と断定されました」

合計で二千両もの大金か、と徳太郎はため息を漏らした。

「二軒の押し込みをしてのけて、賊は手じまいにしたのか」

「さいですよ。きっと頭のいい野郎なんでしょう。二千両を手際よく稼いで、それきり姿を消しちまいやした」

いまいましそうに世良造が唇を噛み締める。

「今も江戸のどこかでその野郎がのうのうと暮らしているかと思うと、腹が煮えてなりやせんや」

「今もその賊のことを追っているのは、おぬしだけか」

「そういうことになりやすね」

悔しそうに世良造が認める。

「ほかのお役人らは、もはやなんの関心もありませんからね。江戸は平和だといいますけど、次から次へと事件は起きますから。いつまでも昔の押し込みにこだわってはいられないってことなんでしょう」

世良造になんと声をかければよいのか、徳太郎にはわからなかった。

「賊は二軒も押し込んだのに、顔を見られておらぬのか」

「ほっかむりをして、顔を覆い隠していたそうですからね」

「そいつは残念だな。顔以外でなにか特徴はなかったのか。たとえば、ただむきに大きな傷があったとか、手の甲に目立つほくろがあったとかだ」

「いえ、そういうのはなかったようですねえ。誰も見た者がいねえんで」

ぎょろりと目玉を動かし、世良造が徳太郎を見る。そのあたりは元岡っ引だけのことがあり、なかなか迫力があった。

「今度は朝比奈さまの番ですぜ。あっしは洗いざらいしゃべりやしたからね。朝比奈さまは、どうして羽の生えた金の馬の細工を探していたんですかい」

それか、と徳太郎はいった。もったいぶる気はない。伝五郎に至るまでのいきさつをすべて語った。

「はあ、そういうことですかい。腹を裂かれて殺されていた犬の仇を討つために調べていて、金の馬にたどり着いたんですかい」

感心したように世良造が徳太郎を見る。

「なかなか大したもんですねえ。朝比奈さまは探索向きかもしれねえ。いや、誰よりも粘り強いところなんざ、大きな声ではいえねえが、御番所のお役人なんかよりもずっと向いていなさる」

「そんなことはあるまい。ここまで調べるのに、ずいぶん時がかかったぞ」

「いえ、探索というのは結果がすべてなんですよ。朝比奈さま、これからも探索を続けなさるんですね」

「むろんだ」

ごほごほと世良造が咳き込んだ。

「大丈夫か」

「ええ、ちと風邪気味なんで。朝比奈さまは、剣術のほうはお強いんですかい」

「さる道場で師範代をしている程度の腕だ」

「それなら、お強いんでしょうねえ。朝比奈さま、あっしもその金の馬の持ち主の探索に加えていただけませんか」

「加えるもなにも、おぬしははなからその気であろう」

「でも、やっぱりやっとうが強いお方と一緒のほうが心強いですからね。あっしもそれなりに修羅場をくぐってきやしたけど、それも今や昔の物語で、もし賊とやり合うようなことになったら、あっさりとやられちまいそうで」

「そういう理由か。おぬしが一緒に調べたいというのであれば、俺はちっともかまわぬぞ」

「まことですかい」

世良造が喜色をあらわにする。

「俺にしても、探索の玄人が一緒であれば、心強い。学ぶことも多かろう」

「じゃあ、朝比奈さま、本当によろしいんですね」

「むろんだ」

「今からでもよろしいですかい」

「おぬしがよいのなら、それでかまわぬ」

ありがてえ、と世良造がつぶやきを漏らす。

一人で調べるのと異なり、と世良造の顔を見やって徳太郎は思った。ちがう者の意見を聞けるというのはとてもよいことなのではないか。しかもその道の玄人である。

これで探索が一気に進むことになればよいが、果たしてどうだろうか。

都合のよいように考えすぎだろうか。

いや、きっとうまくいくに決まっている。

第三章

一

目を凝らした。

まちがいないな、と修馬は思った。向こうから朝日を浴びてやってくる二人連れは、七十郎と清吉である。

七十郎たちも修馬に気づいたようだ。二人が足を速めたのが知れた。

距離が縮まり、互いの顔がはっきり見極められるようになった。

笑みを浮かべて、七十郎が小さく手を振ってきた。修馬も振り返した。

「おはよう、七十郎、清吉」

立ち止まり、修馬は朝の挨拶《あいさつ》をした。おはようございます、と七十郎が返し、清吉は深く辞儀してきた。

「七十郎、清吉、今日も暑くなりそうだな」

「まったくですね。太陽は元気過ぎます。それがしも、あの元気さがほしいくらいで

「なにをいっている。七十郎は番所一の元気者ではないか」

えっ、と七十郎が目を丸くする。

「そんなことをいわれたことは一度もありませぬ。それがしが一番の元気者だったら、番所はよほど生気に欠けていることになりましょう。——山内さん、今日も探索ですね」

「おぬしらと同じだ。七十郎、ところで昨日の殺しはどうなった。下手人は捕らえたのか」

七十郎を呼び捨てにするのも、だいぶ慣れてきた気がする。

「それがまだなのです」

少し渋い顔で七十郎が答える。

「実は、殺された者の身元もいまだに判明しておらぬくらいで」

「えっ、そうなのか」

修馬は七十郎たちに同情を禁じ得なかった。身元がわからぬと、下手人につながる手がかりをつかむのも大変だろう。

「今それがしは、仏の身元を調べ上げることに全力を傾けているところです。——ああ、ちょうどいい。山内さんにも仏の人相書《にんそうがき》を見ていただきましょう」

「お安い御用だ」

懐から取り出した人相書を、七十郎が手渡してきた。

受け取り、修馬は人相書に目を落とした。日の光がまぶしく、人相書が見にくいことこの上ない。

人相書を斜めにし、修馬は顔に近づけた。

見覚えのない男の顔が、まるで生きているかのように描かれている。絵筆を得意とする町奉行所の者の手にかかったものだけに、さすがといってよい出来である。

俺とはだいぶちがうな、と思って修馬は人相書をじっと見た。

「おや。……これは」

修馬の目が引きつけられたのは、仏の右耳である。

「山内さん、この男をご存じなのですか」

目を輝かせて七十郎が顔を寄せてきた。清吉も期待に満ちた顔つきをしている。

「いや、これまでに一度も会ったことのない男だ。むろん名も知らぬのだが、気になるのは、右の耳にあるこの大きな傷だ」

修馬は右手の人さし指でさした。

「ああ、これですか。仏の右耳には、確かに大きな傷がありました。ずいぶん古い傷でしたよ。この仏は一刀のもとに斬《き》り殺されていたのですが、耳の傷はこたびの殺しには関係ないものと、それがしは判断しました。——山内さん、この傷をなにゆえ気になさるのですか」

「実は昨日、こんなことがあったのだ」

目を閉じて、修馬は昨日の出来事を脳裏によみがえらせた。最初に、何者とも知れない侍に狙《ねら》われたことを告げる。

「山内さん、襲われたのですか」

信じられぬ、といわんばかりに七十郎が驚愕《きょうがく》する。清吉も目をむいている。

「ああ、本当に襲われたのだ。そんな予感は一切なく、不意を突かれて俺も驚いたよ」

他人事《ひとごと》のようにいって、修馬は軽く首を振った。

「どこにも怪我《けが》はないのですね」

修馬の全身を見やって、七十郎が確かめる。

「大丈夫だ。ぴんぴんしている。この通りだ」

修馬は手足を大きく動かしてみせた。

「それはよかった」

安堵《あんど》の思いをあらわにして、七十郎が問うてくる。

「襲ってきた侍は、防麻平帰散《ぼうまへいきさん》をつくって売った連中の一人と考えてよいのでしょうか」

「それしか考えられぬ。俺があやつをとっ捕まえることができていれば……。まったくへまをしたものよ」

今も修馬の中で、悔しさは減じていない。

「――俺が襲われたのは、松島町の近所にある旗本の酒井屋敷近くだ。その屋敷に足を運んだのは、中間《ちゆうげん》部屋で開かれている賭場《とば》に、網七という男がいるのかもしれぬ、と聞いたからだ」

一つ間を置き、修馬は湿っぽい大気を胸に吸い込んだ。こうして立っているだけで暑い。歩いたほうが風を感じて涼しいのではあるまいか。額や頬《ほお》を流れ落ちる汗を、修馬は腰につるした手ぬぐいで拭《ふ》いた。

七十郎と清吉は、あまり汗をかいている様子はない。これも職務上の慣れだろうか。

「網七という男は、防麻平帰散がいかにはしかに効くかという噂《うわさ》を江戸に広める役目を請け負っていたのでは、と俺はにらんでいる」

「いわゆる、さくらというやつですね」

「うむ、そうだ。俺は、網七がなじみにしている陶山という一膳飯屋《いちぜんめしや》の女将《おかみ》に人相をきいたのだが、その女将がいうには、網七には、昔熊《くま》にやられた傷が右耳のところにあるとのことだった」

「えっ、熊ですか」

まさかそんな言葉を聞かされるとは夢にも思っていなかったらしく、七十郎は瞠目《どうもく》している。清吉もあっけにとられた様子だ。

「熊の話が本当なら、網七という男が江戸の者でないのは明らかですね」

喉仏《のどぼとけ》を上下させて七十郎がいった。

「どこの出なのか陶山の女将も知らなかったが、どこか在所《ざいしょ》の出であるのはまちがいなかろう。俺はじかに会ったことがないゆえ網七の顔は知らぬが、この人相書の耳の傷は、網七という男の特徴に一致している」

「山内さんは網七の住まいをご存じですか」

大きな手応《てごた》えを得ているのは表情から明らかだが、勢い込むことなく、七十郎が冷静にたずねてくる。

「日本橋の堀留《ほりどめ》町二丁目にある奈良《なら》兵衛《べえ》店《だな》という裏店だ」

小さな帳面を手にした清吉が、矢立《やたて》の筆を使ってそのことを書きつけている。

「そういえば――」

たったいま頭の中に浮かんできたことを、修馬は口にした。

「おととい、網七はこんなことを賭場でつぶやいていたそうだ。あの人は確か、とな」

「あの人は確か、ですか」

「そうだ。これだけではなんの手がかりにもならぬ。この言葉は、最近目にしたばかりの『あの人』が誰であるか、網七が思い出したということではないかな。それを確かめるために網七は『あの人』に会いに行った。こういうふうに七十郎、考えられぬか」

「十分に考えられます。網七が『あの人』に会いに行き、殺されたということもあり得ましょう」

「昔の自分のことを知っている網七が不意にあらわれた。それが『あの人』にとって、都合が悪かったということなのだろうか。ゆえに『あの人』は、網七を口封じも同然に殺さざるを得なかった」

「なるほど、そういう見方もあるかもしれませぬ。あるいは『あの人』が今は昔とちがう身分になっており、以前の正体をほかの者に知られることがまずかったのかもしれませぬ。そのことで網七が『あの人』を強請《ゆす》ったか。——山内さん、ありがとうございます。さっそく奈良兵衛店に行き、あたりの聞き込みをしてみます。なにか出てくるのではないでしょうか」

「ついでに、一膳飯屋の陶山に行ってみるのもよかろう。常連として網七はよく酒を飲みに行っていたそうだ。身の上などいろいろと話をしているかしれぬ。——七十郎、もしこの仏が網七だったら、探索は少しは進むか」

「少しどころか、大きく進展するのではないでしょうか。なんといって防麻平帰散に関《かか》わったかもしれぬ者が殺されたのですからね。こうして山内さんに会えて、本当によかった」

「俺も七十郎と清吉に会えてうれしく思う。探索の神さまが会わせてくれたのかもしれぬ」

「もし神さまの巡り合わせだったら、こたびの事件は必ず解決できますね」

七十郎の顔や全身には力がみなぎってきている。それを見て修馬は大きな喜びを感じた。

「山内さん、では、我らはこれにて失礼いたします」

「――七十郎、ちょっと待ってくれるか」

「なんでしょう」

日本橋の方向へ勇んで踏み出そうとしていた足を止めて、七十郎が修馬を見る。

「網七かも知れぬ仏は一刀のもとに斬り殺されていたといったが、傷は鮮やかな太刀筋だったのか」

「ええ、見事なものといってよいと思います。下手人が相当の腕前であるのは、紛れもないでしょう」

「網七かもしれぬ男が殺された刻限はわかっているのか」

「検死医者の紹徳《しょうとく》先生によれば、おとといの晩、五つ（八時）から八つ（二時）のあいだではないかとのことです」

もし殺されたのが五つ頃とするならば、宵の口といっていい。網七は本当に『あの人』に会いに行ったのかもしれない。

「死骸《しがい》が見つかったのは、赤坂だったな」

「赤坂新町五丁目の路地裏です」

「網七は赤坂新町へなにをしに行ったのかな」

「もしかすると、赤坂新町あたりに『あの人』の住みかでもあるのかもしれませぬ」

「もし八つという真夜中に殺されたのなら、どこかで飲んでいて、その帰路、殺されたということも考えられるな」

「どこかで飲んでいたのはまちがいないと思います。実際、仏からは酒がにおいました」

「ほう、酒がな。となると、やはり『あの人』に会っていたと考えるのが、いちばん妥当なのかもしれぬ」

「おっしゃる通りでしょう。昨日から番所の小者たちが仏の人相書を手に、界隈《かいわい》の飲み屋を聞き回っています。近いうちに、いい知らせがもたらされるのではないか、とそれがしは期待しています」

「そうか、よくわかった。七十郎、忙しいところ、足を止めさせてすまなかった」

「とんでもない。それがしこそ有益なお話を聞かせていただき、まことに助かりました」

先ほど会ったとき同様に、修馬は手を上げて二人に別れを告げた。

「ああ、そうだ。山内さんはこれからどうされるのですか」

今度は七十郎のほうが足を止めて、きいてきた。

「蕎麦屋《そばや》に行くつもりだ。蕎麦屋といっても、夜鳴き蕎麦の屋台の元締をつとめている者だがな」

「夜鳴き蕎麦の元締というと、防麻平帰散の売り子について、聞きに行かれるのですね。元締の名は義八《ぎはち》ですか」

「ほう、さすがだな。やはりそこまで調べがついていたか」

「まあ、そうですね。でしたら、なにも義八に会いに行かれずとも、それがしが知っていることをお話ししましょう。それがしもじかに義八に会ったわけではなく、先輩同心からの又聞きですが。もしそれがしの話だけでは足りぬと山内さんが思われたら、義八に会いに行かれればよろしいのでは」

「そいつはありがたい。では七十郎、歩きながら話そうではないか。七十郎たちはこれから、網七の住んでいた長屋のある堀留町に赴こうとしているのであろう」

「その通りです。でも山内さん、よろしいのですか」

「なに、気が変わったのだ。やはり七十郎たちとこのまま一緒に行くことにしようとな。網七の住んでいた奈良兵衛店には、俺が案内しよう」

「そいつはありがたい。八丁堀《はっちょうぼり》に住んでいますが、あまり日本橋のことには詳しくないもので」

「ほう、練達の定廻《じょうまわ》り同心でもそうなのか」

「練達かどうかは措《お》いておきますが、詳しくなるのは縄張内のことだけですね。堀留町ならば牢屋敷《ろうやしき》に近いですから、さすがに場所はわかりますが」

「清吉はどうなのだ。日本橋には詳しくないのか」

「あっしも稲葉の旦那《だんな》と同じです。なにしろ日本橋はだだっ広いですからね。あっしにはとてもではないが、日本橋の地理は覚えきれませんや。町の数も多いですしね」

「確かにな」

修馬は相槌《あいづち》を打った。相変わらず足早に歩く七十郎が道を右に折れる。

「日本橋を縄張としている同心は、あの町のことなら隅々まで熟知していますよ。本当に大したものだと思います」

日本でも有数の大店がひしめく町である。そんな町を縄張にしたら、さぞかし実入りが多かろう。笑いが止まらないのではないか。

噂では、町奉行所の与力や同心で年に数千両の入り前がある者もいるというが、日本橋を縄張にしていれば、そのくらい十分にあり得るのではないだろうか。

「これから七十郎たちは、その同心の縄張に足を踏み入れようというのだろう。挨拶をする必要はないのか」

「会えば、もちろん挨拶はします。しかし、探索をしている最中、縄張を越えて出てしまうことは多々あり、致し方のないことでしょう。罪人が縄張内でとどまっていることのほうが希有《けう》ですから。ゆえに、他の者の縄張に入ったときでも、わざわざ担当の同心を捜し出して断りを入れるような真似《まね》はしませぬ。そんな暇があったら、探索に精出したほうがいいですからね」

「そういうものか。さすがによくできているな。感心したぞ」

「いろいろと不備があっても、それをすぐさま直し改めることができれば、奉行所だけでなく店でも武家でも、常によいものになって前へと進んでいけるような気がします。――では山内さん、まいりましょうか」

軽く頭を下げて、七十郎が歩き出す。修馬は七十郎に肩を並べた。後ろにそっと清吉がつく。

町屋の屋根を越えて久しい太陽はますます居丈高《いたけだか》になっており、これでも食らえとばかりに修馬たちの横顔に熱のかたまりをぶつけはじめている。夏が続く限りは俺さまの時代は終わらない、といいたげな威勢である。

「富久屋という夜鳴き蕎麦屋の屋台を引いて防麻平帰散の売り子をしていたのは――」

暑さを感じていないかのように平然とした口調で七十郎がいった。

「多津助《たづすけ》という者です。まずまちがいなく偽名でしょう」

それはそうだろうな、と修馬は思った。

「夜鳴き蕎麦屋の屋台というのは、山内さんもご存じかもしれませぬが、屋台のみならず蕎麦切りやつけ汁、割箸《わりばし》などほとんどすべての材料を元締が用意してくれます。また、屋台を出す場所が重ならぬように、縄張も元締が決めます」

「それらのことは、俺も聞いたことがある。すべて元締が用意してくれるから、夜鳴き蕎麦屋というのは気楽にはじめられる商売ということだった」

「おっしゃる通りです。ただし、屋台を持ち逃げされてはかなわぬので、身元はしっかりと見極められ、請人《うけにん》も必要になります。むろん前払い金もです」

そのあたりの調べは、と修馬は思った。町奉行所の者らはきっちり行っているはずだ。

「多津助の夜鳴き蕎麦の請人となった者は、長屋の大家で欽六《きんろく》という者です。長屋は鉄四郎《てつしろう》店といい、多津助は丸ひと月、そこに住んでいました」

「住んでいたのは、今からひと月半前から半月前までだな。つまり、防麻平帰散が売られていた期間そのものというわけだ」

「そういうことです。多津助は半月前に鉄四郎店を引き払い、夜鳴き蕎麦の屋台も同じ時期に返していますす」

「多津助は長屋に一人で住んでいたのか」

「ええ、一人だったようです。家賃はむろんすべてを前払いしていました。果たして本物なのかどうか、多津助は浪人の形《なり》をしていたようです」

「偽物の浪人かもしれぬのか」

「いつも着流し姿であまり立派とはいえない身なりをしていたそうですが、れっきとした武家が、何度か訪ねてきては、店の中で多津助と話し込んでいたようですから」

「つまり多津助という男は、どこぞの家中《かちゆう》の士かもしれぬというのか」

侍が町人に化けるというのは、なかなか難しいだろう。やはり育ちというものがあるからだ。町人に、武家ではないか、と見抜かれる恐れは多分にある。だが、浪人ということにしておけば、その点の問題は一切ない。

「ええ、十分に考えられます」

俺を襲った侍も、金で雇われた浪人などではなく、家中の者だったかもしれぬ。

こやつには守るべきものがあるのではないかと、襲われたとき修馬は直感したが、やつにさほどの覚悟が感じられなかったのは、やはり主家からの命による襲撃だったためかもしれない。

――あの男にも妻があり、子がいるのかもしれぬ。

　ということは、と修馬は七十郎にいった。

「どこかの大名なり旗本なりが、防麻平帰散をつくり、売っていたのかもしれぬのだな」

　ええ、と七十郎がうなずく。

「大名家も旗本家も、どこも台所事情は苦しいところばかりです。その苦しさから逃れるために、はしかの偽薬売りを思いついたとしても、決しておかしくはありませぬ」

「七十郎のいう通りだ。しかし、どんな事情があろうと、やはり許せぬ。人の最も弱いところにつけ込んで、金儲《かねもう》けを企《たくら》むとは。自分たちにもきっと幼い子がいるだろうに」

　腹が煮えてならない。足早に歩きながら修馬は七十郎を見つめた。

「多津助の人別帳は調べてみたか」

「もちろんです。しかし、人別送りはされていませんでした」

　それまで住んでいたところから新居に移る場合、人別帳を書き換えてもらう必要がある。そうしないと、無宿人になってしまうからだ。新居に引っ越す者は、人別送り証文を旧居の大家に書いてもらい、新居の大家に渡さなければならない。そうすることで、新しい人別帳に自分のことを記載してもらえるのだ。そうすれば、無宿人にならずにすむ。

「そうか、やはり人別送りはされていなかったか」

「ええ」

無念そうに七十郎が顎《あご》を引き、間を置くことなく続ける。

「ひと月ばかり住まわせてもらうだけだから、と多津助は人別送りをしない理由を大家にいったそうです。ひと月で前のところに戻ってしまうのなら、と大家もうるさくはいわなかったそうです」

「仮に人別送りがされていたとしても、その証文自体、きっと偽物だったのだろうな」

「そのくらいの偽造なら、楽々としそうな連中ですからね。それでも、どの町に人別が残っているか、多津助は大家に告げたそうです」

「その町へ七十郎は行ったのか」

「それがしではありませぬ。番所の他の者が確かめに行きました。しかし案の定というべきなのか、多津助の言はでたらめでした。そこに建っていたのは、ただの空き家でした」

言葉を切り、七十郎が少し息を入れた。

「その空き家はさる商家の持ち物だったのですが、ここ三年以上、人は住んでいないとのことでした。空き家にほとんど手は入れられておらず、ときおり近所の子供が入り込むくらいで、ふだんは人けもなくひっそりしているそうです」

「そこが空き家だったのは、偶然ではあるまい。三年以上も空き家であることを、防麻平帰散をつくって売った連中は知っていたのだろう。空き家を多津助の旧居だったことにしておくほうが、なにかと都合がいいような気はするものな」

「番所内でも山内さんと同じことを考え、人数を割いて界隈の聞き込みを行ったのですよ。しかし、多津助らしい男がそのあたりにいたという痕跡《こんせき》は見つかりませんでした」

「その空き家はどこにある」

「山内さん、行かれますか」

「一度、見てみたい。目の当たりにすれば、なにか思い浮かぶものもあるかもしれぬ」

七十郎によると、その空き家は南品川にあるそうだ。

「えっ、そんなに遠いのか」

考えてもいなかった。もっと近いと思っていた。

「とりあえず品川までは、我らが取り仕切るべき地です。ですので、番所の他の者が出張ったのですよ」

「そうだったか。ふむう、これから南品川まで行くとなると、一日がかりだな」

修馬を見て、七十郎が微笑している。清吉も遠慮がちに頬をゆるめている。

「山内さん、でしたら南品川行きはおやめになりますか」

「うむ、やめておこう」

あっさりと修馬は答えた。距離に負けてしまうなど我ながら情けないが、空き家を見に行くだけで一日が終わってしまうようなことは、やはり避けたい。

空き家を目にすることで、確かになにか思い浮かぶかもしれないが、そうでないかもしれない。なにも得られない公算のほうが強いのだ。

「七十郎たちはえらいな。番所の者は本当にわざわざ南品川まで出張ったのか」

「仕事ですからね」

それにしても南品川か、と修馬は思った。北品川宿あたりまでは何度か行ったことがある。東海道の東側にずっと海が広がっており、凪《な》いで穏やかな水面が、降り注ぐ陽射《ひざ》しをきらきらとはね返していた。

息をのむほどに美しい景観だったことを、修馬は今もはっきりと覚えている。

「南品川のほうにも武家の下屋敷や中屋敷、抱屋敷《かかえ》があるのかな」

ふと思いついたことを修馬はいってみた。

「風光明媚《めいび》な地ということで、高輪《たかなわ》あたりまでは数え切れないほど大名の下屋敷がありますが、南品川というとどうでしょうか。武家屋敷はほとんどなかったように思います。それがしが覚えているのは、せいぜい伊達《だて》家と間部家の下屋敷ですね」

「えっ、そんなに少ないのか」

修馬は意外な感にとらわれた。

「ほかにもあるのかもしれませぬが、それがしが知っているのはその二つですね。

――清吉はどうだ」

振り返って七十郎が忠実な中間にきく。顔を上げ、清吉が真摯《しんし》な口調で答える。

「あっしも、その二つの大名家くらいしか思い当たりません」

伊達家に間部家か、と修馬は思った。二家ともろくに知らない。もっとも、内情などについて詳しい大名家など、修馬には一つたりともない。

「伊達家は仙台を本拠として六十二万石、間部家というと、どこで何石を領しているのだったかな」

「間部家は、もともとは越後村上を領地としていたはずですね。今は越前の鯖江でしょう。享保《きょうほう》の頃に鯖江に移封されたのではなかったでしょうか。確か五万石でしたね」

このどちらかの大名が、防麻平帰散の一件に関わっているということは考えられないだろうか。

空き家と同じ南品川に下屋敷があるからという理由だけで修馬は思いついたのだが、いくらなんでも乱暴すぎるだろうか。

「山内さん、それがしは、ちと伊達家と間部家について調べてみることにします」

南品川に下屋敷を持つこの二つの大名家が、七十郎はだいぶ気になってきた様子である。

「番所内に、伊達家や間部家を受け持っている者がおります。その者たちに、まず話を聞いてみようと思います」

家中の侍が江戸市中において諍《いさか》いやもめ事、犯罪など問題を引き起こしたとき、内々ですませられるように、どこの大名家や旗本家でも懇意にしている与力や同心がいる。

代々頼みと呼ばれ、中には大名家からの付け届けだけで裕福に暮らせる者もいるそうだ。伊達家ほどの大大名の代々頼みをつとめていれば、年間で相当の額の付け届けがあるのではないか。

うらやましいことこの上ないが、金だけが人生ではないからな、と修馬は思った。負け惜しみだろうか。いや、そんなことはあるまい。

「七十郎、そうしてくれるか。俺のほうでもやれるだけのことをやってみよう」

「よろしくお願いします」

律儀に七十郎が頭を下げてきた。清吉も同じようにする。

すでに日本橋堀留町二丁目に、修馬たちは足を踏み入れている。

「ここだ」

みすぼらしい木戸に奈良兵衛店、と記されたちっぽけな看板が打ちつけられている。それを修馬は指し示した。

「俺はここまでだ。七十郎、清吉、これで失礼する。いろいろ話ができて、とても楽しかった」

「それがしもです。山内さんには感謝のしようもありませぬ。――ところで山内さんは、これからどうされるのです」

「赤坂新町に行ってみようと思っている」

「では、網七と思える男の遺骸が見つかった場所に行かれるのですね」

「そのつもりだ。行けば、俺なりになにかつかめるのではないかという気がしているのだが、七十郎たちが昨日聞き込んでなにも得られなかったのだな。俺が調べても、あまり意味はないかな。思い上がりに過ぎぬか」

「そんなことはありませぬ」

大まじめな顔で七十郎が首を横に振る。口調がかなり強かった。

「番所の者ではないお方が新たに当たってみれば、またちがうことを掘り出すことができるかもしれませぬ。正直、我らは先達のやり方をずっと踏襲してきています。もしかすると、そのやり方は今の時代についていっておらぬかもしれぬのです。その点、山内さんの考え方は実に自由だと思うのです。是非とも山内さんのやり方で、とことん調べていただきたいとそれがしは願っています」

後ろで、うんうんと清吉もうなずいている。

「実に心強い言葉だな。七十郎、やる気が出てきたぞ」

ふふ、と修馬の口から自然に笑いが漏れた。

「山内さん、それがし、なにかおかしなことをいいましたか」

不思議そうに首をひねって、七十郎が問う。

「いや、七十郎は人をやる気にさせるのがうまいな、と思っただけだ。もし七十郎が手習所の師匠になっていたら、やる気のある手習子《てならいこ》ばかりになるのではないかな」

「でしたら、いつか隠居した暁には手習所を開くことにしましょう」

「本当にそれがよいかもしれぬぞ。まさに天職、ということになるやもしれぬ」

「天職は、できたら定廻り同心がよいのですがね」

「ちがいない」

ひとしきり笑ってから七十郎がまじめな顔に戻り、網七らしい男が殺されていた赤坂新町五丁目の路地裏の位置を、詳しく教えてくれた。

「かたじけない。いくら地理、地勢が苦手な俺でも、こうまで丁寧に教えてもらえれば必ずたどり着けよう」

「あれ、山内さん、地理など苦手にされているのですか」

いかにも初耳だというように、七十郎がきいてきた。清吉も意外そうにしている。

「実はそうなのだ。初めての土地では、同じところをくるくる回ってしまうのだ。まさに犬の尾を食うて回るがごとし、というやつだな」

「ああ、堂々巡りという意味ですね。さようですか、山内さんは道に迷いやすいたちでしたか。知りませんでしたよ」

清吉も同じ思いのようだ。

「おなごに多い癖だし、なんとなく気恥ずかしいではないか。徒目付《かちめつけ》のときはいわぬようにしていた。勘兵衛も知らぬのではないかな。いや、あの男は鋭いから、いわずとも知っているか。ともかく、いずれ治るのではないか、と思っていたが、結局よくならぬままに徒目付を馘《くび》になってしまった。——いや、いつまでもこのような場所で立ち話をしておられぬ。では七十郎、清吉、また会おう」

手を上げて修馬は二人と別れた。

二人は木戸のそばに立ち、修馬を見送ってくれている。狭い道はすぐに曲がり、修馬の視野から二人の姿は消えた。

——よし、行くぞ。

腹に息を入れた修馬は前を見据え、赤坂に向かって歩きはじめた。

右手に見えてきた路地を、歩を運びながら眺めた。

——あれだな。

反対側の角に、宝丁屋《ほうちょうや》という蕎麦屋が建っている。あの蕎麦屋が目印になりますから、と七十郎にいわれたのだ。

路地の入口に立ち、修馬は路地をのぞき込んだ。よい路地だな、と思った。両側がすべて竹垣、芝垣でまとめられているのだ。近所の者で話し合い、こんなふうに風情、情緒を感じさせるものにしたのではあるまいか。

これだけ趣のある路地で網七かもしれぬ男は殺されたのか。

いや、ここで斬り殺されたのは、もう網七と考えてよいのだろう。

修馬は網七のために瞑目《めいもく》した。昨日、網七を捜しはじめたときには、すでにこの世にいなかったのだ。

かわいそうに。もっと生きていたかっただろうに。

人相書を目にしたゆえか、修馬の脳裏に網七の死にざまが浮かんできた。そのうらめしそうな顔は、仇《かたき》を討ってくれ、といっているように見えた。

目を開けた修馬が路地を三間（約五・四メートル）ほど進むと、斜め右につながるもっと狭い小道があった。

小道の突き当たりには、小さな鳥居が見えている。こぢんまりとした神社のようで、境内の広さは二十坪もないのではないか。

鳥居にかかっている扁額《へんがく》には、伊刀《いとう》神社とある。この名からして、刀をご神体としているのだろうか。それとも伊刀は地名だろうか。この追分のようになった道の端で、網七は殺されていたとのことだ。うつぶせに倒れ、無念そうな横顔を見せていたという。

よく見ると、地面に黒々としたものが広がっていた。さすがにもう血のにおいは立ちのぼっていないが、やはりこうして地面の色が変わっているのを目の当たりにすると、生々しい感じが胸に迫ってくる。

一人の男が、この場で確かに命を絶たれたのだ。

黒い土のそばにしゃがみ込んだ修馬は両手を合わせ、目を閉じた。

――おぬしの仇は俺が必ず討とう。成仏してくれ。

目を開け、修馬は立ち上がった。実のところ、なにかしら目当てがあって、この場所まで足を運んだわけではない。

ただ、網七の冥福《めいふく》を祈ってやりたかったのである。さぞかし無念だったのではないか。心残りもあっただろう。一度も会うことはなかったが、網七とは、きっとなにかしら縁があったにちがいないのだ。

なにも見逃さないようにゆっくりと歩きはじめた修馬は路地を抜け、表通りに出た。すぐに目をみはることになった。眼前に薬種問屋があったからだ。

――このようなところに薬種を売る店があるとは。

浜田屋と記された看板が、建物の横に控えめに掲げられていた。なかなかの大店である。繁盛している店らしく、ひっきりなしに客が暖簾《のれん》を払って出入りしている。

――網七がこの店を訪ねたというようなことはないだろうか。

考えられないことではない。この世はなにが起きても不思議はないのだ。

だが考えてみれば、七十郎たちは、いの一番にこの店のことを調べたのではあるまいか。

いや、そのようなことはないな、と修馬はすぐさま思い直した。仏が網七であるということを、七十郎たちはついさっき知ったばかりなのだ。

むろん店の者に、仏の身元のことや、怪しい者を見かけていないか、叫び声や争う物音を聞いていないか、などとたずねたのはまちがいないところだ。

しかし、さくらとして防麻平帰散の効き目を広める役目を負った男が殺されたという前提で、聞き込みを行ったわけではあるまい。

――この店が網七と関係なくとも、別にかまわぬ。とにかく、防麻平帰散について話を聞いてみるとするか。なにか出てくるかもしれぬ。もしかすると、神さまがこの店に巡り合わせてくれたのではないだろうか。

通りを横切り、修馬は浜田屋の暖簾をくぐった。薬種の甘いようなにおいがすぐに鼻をついた。

修馬が立っているのは半間（約〇・九メートル）ほどの幅の細長い土間で、そこから二十畳ほどの座敷に上がれるようになっている。

座敷の壁沿いに、数え切れないほどの小さな引出しがしつらえられた薬棚がずらりと並んでいる。中身はむろん、さまざまな薬種であろう。

座敷には六、七組の客が入っており、手代や番頭と思える者たちと真剣な顔で話し込んでいた。茶が出されているのが、喉《のど》が渇いている身には少しうらやましかった。

客はほとんどが年寄りである。いずれもなんらかの病を抱えているようだ。この店の薬種で病をなんとかしたいという気持ちが、表情からありありと伝わってくる。

「いらっしゃいませ」

修馬に向けて明るい声を放ったのは、帳場格子の前に座っている男である。すっくと立ち上がるや帳場格子をどかし、座敷を突っ切って修馬に近づいてきた。正座して丁寧に挨拶する。

「数あるお店の中で、手前どもの店にいらしていただき、まことにありがとうございます」

物腰が柔らかな上に、男は実直そうな顔つきをしている。歳《とし》は四十前後か、いかにも練達の商人という雰囲気を醸し出している。左眉の上に大きなほくろがある。澄んだ目は温厚で聡明《そうめい》そうだが、身ごなしに隙《すき》がなく、どこか冷徹さも備えている感じの男である。

他の奉公人とは異なる風格を、修馬は感じ取った。この男は、この店のあるじではないだろうか。

——まちがいあるまい。

「俺は客というわけではないのだ」

笑みを浮かべて修馬は告げた。

「さようでございますか」

だからといって、男に気を悪くした様子はない。

「でしたら、お侍、どのようなご用件でございましょう」

にこにこと温和な笑みを頬にたたえて、あるじらしい男がきいてくる。左眉《まゆ》のところに大きなほくろがある。

「その前によいか。おぬしは、この店の主人かな」

「さようにございます。孫右衛門と申します。お見知り置きを」

「俺は山内修馬という」

「山内さまでございますね」

一度名を聞いたら、二度と忘れないのではないか。孫右衛門という男には、人にそんな思いを抱かせる味わいめいたものがある。

「ちょっと聞きたいことがあって、訪ねさせてもらった」

「はい、どのようなことでございましょう」

孫右衛門は興味のありそうな眼差《まなざ》しを向けてくる。

「ああ、山内さま、お上がりになってくださいさい。喉が渇いていらっしゃるのではございませんか。お茶をお出しいたしますので」

「いや、ここでけっこう。客でもないのに上がるわけにはいかぬ。茶もいらぬ」

痩《や》せ我慢だな、と修馬はうらめしく思った。しかし痩せても枯れても俺は侍だ。痩せ我慢こそが俺を侍たらしめているのだ。

「しかし山内さま――」

「本当によいのだ。あるじ、いうておくが、俺は金を無心に来た浪人ではないゆえ、安心してくれ」

「山内さまのお顔を拝見いたしまして、そのようなお方でないことは、一目でわかりましてございます」

「うれしいことをいってくれる」

このあたりの如才なさは、さすがに商売人だけのことはあるのだろう。

「今は浪人の形《なり》をしているが、実はさるお方の依頼で俺は動いているのだ」

「ほう、さようでございますか。あの、さるお方とおっしゃいますと」

「こう見えても、俺は元徒目付だった。そういえば、見当がつかぬか」

声を低くして修馬はいった。

「えっ、山内さまは御徒目付でいらしたのですか」

わずかに孫右衛門の眉が上がり、腰が浮いた。その声に、他の奉公人たちがちらりとこちらを見た。

「うむ。わけあって徒目付はやめることになったが、まだつながりはあるのだ」

「では、山内さまは御徒目付頭さまのご依頼で動かれているのでございますか」

修馬はそれについては答えなかった。

「――あるじ、向かいの路地で人殺しがあっただろう」

「は、はい。ございました」

息をのんで孫右衛門がうなずく。その顔にわざとらしさはなかった。少なくとも、修馬は感じなかった。

「では、山内さまはその一件をお調べにいらしたのでございますね」

「それもある」

修馬は否定しなかった。

「だが、殺しの件に関しては、すでに番所の者が詳しく聞いていったのではないか」

「おっしゃる通りにございます。昨日の朝、そちらの路地で仏が見つかったということで、昼の四つ（十時）頃に、御番所のお役人がいらっしゃいました」

「やってきたのは定廻り同心の稲葉七十郎どのか」

「さようでございます。稲葉さまと清吉さんがいらっしゃいました」

「あの二人が話を聞いていったのなら、俺が新たに聞くべきことはない。稲葉どのは仕事のできる男だからな」

「稲葉さまのお話しぶりや物腰からいたしまして、僭越《せんえつ》ながら、手前もそのように感じましてございます」

「浜田屋、稲葉どのに会ったのは初めてか」

「いえ、これまでに何度もお顔は拝見させていただいていたのでございますが、話をさせていただいたのは、昨日が初めてでございました。たいていの場合、番頭か手代がお相手をさせていただくものですから」

口を引き結んで、修馬は孫右衛門を見つめた。目をそらすことなく、やんわりと孫右衛門が見返してくる。

この侍は本当は何者だろうと考えているのではないか、と修馬はその怜悧《れいり》そうな顔を見て感じた。

「話は変わるが、この店はおぬしがはじめたのか。建物はまだ新しいようだが」

「さして新しくもございません。もう十年以上もたっておりますから。店を創業したのは手前の父親でございます」

「創業はいつのことだ」

「かれこれ三十年前でございます」

「そのときから、ここに店はあったのか」

「いいえ、そうではありません。父は置き薬を商売としておりましたが、三十年近く前に、ついに念願の店を持ちました。とても小さな店で、それは麻布《あざぶ》の先のほうにございました」

「麻布の先というと、白金《しろかね》のほうか」

「さようにございます。今も変わらず田舎でございます」

「今ここに店を構えているということは、おぬしの力で移ってきたということか」

「手前だけの力では無理でございます。奉公人にも恵まれました」

笑みを浮かべて孫右衛門が頭を下げた。

「大したものだな。苦労したであろう」

「今となれば、楽しかった思い出しかございません」

「ふむ、そういうものなのかな」

口を閉じ、修馬はしばらく黙っていた。

「防麻平帰散――」

口を開くや修馬はそれだけをいった。

「えっ、なんでございましょう」

戸惑ったように孫右衛門が修馬を見上げる。孫右衛門がとぼけたようには修馬には思えなかった。初めてこの名を聞いたように見えた。

「知らぬか、あるじ」

「は、はい。今一度お聞かせ願えませんでしょうか」

「防麻平帰散だ」

「あの、それはどのような字を当てるのでございますか」

こういう字だ、と修馬は伝えた。

「防麻平帰散……。お薬のようでございますが、山内さまはこのお薬をお探しなのでございますか」

「そうではない。なにしろ偽薬だからな」

「偽薬とおっしゃいますと」

「はしかの偽薬だ」

「ええっ」

絶句し、孫右衛門はそれきり言葉がない。

「防麻平帰散というはしかの偽薬で一儲けを企んだ者がいる。実際にすでに大金を手にしたようだ」

「さようでございますか」

孫右衛門が唾《つば》をしきりに飲んでいる。

「あるじ、そのような者がいると、噂でも聞いたことはないか」

「いえ、存じません」

そうか、と修馬はいった。間を置くことなく新たな問いを発する。

「あるじ、はしかの特効薬というのはこの世にないのか」

「はい、残念ながら」

無念そうに唇を噛《か》み締めて、孫右衛門が答えた。

「もしあれば、まことにすばらしいことなのでございますが。大勢の子供がはしかで命を落としております。特効薬があれば、すべての子供が助かることになりますから」

「それほどの妙薬を浜田屋、つくろうと思ったことはないのか」

「はしかの特効薬をでございますか。――つくろうと思ったことは一度もございません」

修馬を見つめて、孫右衛門が凛《りん》とした声音で告げた。

「なにゆえつくろうと思わぬ。大勢の子供が助かるし、子を失う親御の悲しみをなくすこともできる。商売としたら大儲けができよう」

「薬種問屋たる者、儲けを考えるなどもってのほか、と亡き父からきつくいわれております。もしはしかの特効薬をつくることができたとしても、手前は儲けに走ることはまずございません」

「立派な心がけだな」

皮肉でなく修馬は本心を口にした。孫右衛門が軽く顎を引く。

「しかし、はしかの特効薬はどうやってもつくれないものでございます。もちろん、大勢の子供が死んでゆくのは本当に悲しいことでございますが」

「そうか、やはりつくれぬのか」

「病に負けるのはとても悔しいことでございますが、人がはしかに打ち勝つ日がやってくるのは、まだまだ遠い先のことでこざいましょう。それに山内さま、世にある難病は、はしかだけではございません。実を申し上げますと、うちには子供用の薬はほとんど置いてありません」

「ほう、なにゆえそのようなことを」

「大人になった人たちにもっと長生きをしていただきたいという思いからでございます。そういう思いで、手前どもは薬を調合しております。はしかは治せません。よくなるかどうかは、運任せでございます」

命定めといわれるくらいだからな、と修馬は思ったが、口に出しはしなかった。

「しかし、この世には薬の力で治せる難病もございます。手前どもは、治るかもしれない難病に苦しんでいる方を一人でも多く救いたいと考えております。浜田屋は、そういう思いが詰まった薬種問屋でございます」

なるほどな、と修馬は合点がいった。大勢の年寄りがこの店に集まってきているのは、そういう理由があるからなのだ。

「山内さまのお身内、お知り合いに、病に苦しんでおられるお方はいらっしゃいませんか。もちろん、すべての病をなんとかできるわけではございませんが、もしかすると当店がお役に立てるかもしれません」

いわれて修馬は考えてみた。すぐに頭に浮かんできたのは父親である。

だいぶ前から肝《かん》の臓《ぞう》が悪いと聞いている。体が重く、顔色が悪く、父親の悩みの種になっているのだ。父親には勘当されてしまったが、修馬は父のことをずっと気にかけていた。

腹を決めて修馬はそのことを述べた。

「お父上の肝の臓ですか」

首をひねって孫右衛門が考え込む。

「体が重い、だるいというのは肝の臓が弱ってくると出る症状でございます。しかし、やはり一度、お父上をこちらにお連れいただくのが一番でしょうね。詳しく病状を聞いたほうがまちがいないものですから」

「浜田屋、それはできぬのだ」

どうしてなのかという思いを、孫右衛門が顔に刻んでいる。それだけで理由はただしてこなかった。

「ちとわけありでな」

「さようでございますか」

眉根を寄せて、孫右衛門は残念そうな顔つきをしている。

「肝の臓の病を治す薬とはいわぬ。肝の臓のためになる薬はないのか」

「ございます。しかし、それはおやめになったほうがよろしいかと存じます」

「なにゆえ」

「やはり薬というのは危険を伴うからでございます。なにも体に害を及ぼすはずのない薬を服用して、いきなり容体が革《あらた》まるということも、なきにしもあらずでございます。病にかかっておられるお方のお話をじかにうかがい、お顔の色を拝見して、薬は処方されるべきでございます」

信念の籠《こ》もったいい方だ。とてもよい店だな、と修馬は思った。

「そうか。ならば、いつか父親をこの店に連れてこよう」

「是非そうなさってください」

「浜田屋――」

背筋を伸ばして修馬は呼びかけた。

「いろいろと話ができて、楽しかった。しかもとてもためになった。恩に着る」

「いえ、恩だなどとそのようなことは。――こちらこそ生意気を申し上げて、まことに申し訳ございません」

「生意気なことなどおぬしは一言もいうておらぬ。では浜田屋、これで失礼する。忙しいところ、かたじけない」

一礼して修馬はくるりときびすを返した。

「山内さま、またいらしてくださいませ」

修馬が暖簾を外に払ったとき、背中に孫右衛門の声がかかった。

「うむ、きっとそうしよう」

顔だけを店の中に向けて修馬は答えた。孫右衛門は膝立《ひざだ》ちになっている。

大勢の者が行きかう通りに修馬は出た。むっとする暑さに包まれる。高くなった太陽は今日も獰猛《どうもう》な熱を発している。首筋から汗がだらだらと流れはじめた。

――さて、これからどうするか。

なにも思い浮かばない。頭が働かないのだ。頭の巡りをよくする薬はないのだろうか。

喉が渇いてならない。どこかに茶店でもないだろうか。

北に向かって、修馬はなんとなく歩いた。そうしたら、一町（約一〇九メートル）も行かないうちに茶店が見つかった。

——助かった。

あまり勘が働くほうではないが、ときおりこういうふうにいい目が出ることがある。

いらっしゃいませ、と明るい小女の声に迎えられて、修馬は茶店に入った。屋根に陽射しがさえぎられ、風通しのいいところに置かれた縁台に腰を下ろす。足の疲れが抜けてゆくような感じがあり、さすがにほっとする。汗が引き、吐息が自然に漏れ出た。

冷たい茶をもらい、修馬は喫した。

生き返るな。

一気に飲み干し、修馬はすぐにおかわりをもらった。二杯目はゆっくりと味わった。やんわりとした苦みが実に心地よく感じられる。

ああ、うまいなあ。

茶がこんなに美味だと思えるようになったのはいつからか。それとも、幼い頃からすでにおいしいと思って飲んでいたのか。

「厠《かわや》を貸してほしいのだが」

茶代を払って修馬は小女にいった。

「あちらに」

小女が茶店の裏手を指し示す。ありがとう、といって修馬は厠に向かった。

茶を飲むと、尿意を催すのはどうしてなのか。これもなにかの薬効なのか。茶は古くから薬といわれているくらいだ。

粗末な厠に入り、盛大に放尿しつつ、修馬はふと思った。

――俺は昨日、襲われた。これまで深く考えずにいたが、あれはどうしてか。

いつからか俺に尾行がついていたということか。迂闊《うかつ》なことに、それにはまったく気づかなかった。

だが、どうして尾行されたのか。どこから尾行がついたのか。

昨日の動きを、一物をしまいながら修馬は思い返した。

まず、防麻平帰散の噂を広めるさくら役をしたおとばというばあさんを訪ね、陶山という一膳飯屋で話を聞いた。陶山で女将のおせんの口から網七のことを知り、網七の住みかの奈良兵衛店に赴いた。

厠にいると、なぜか頭が働くようだ。しかし、いつまでも入っているわけにはいかない。

厠を出た修馬は茶店の小女に礼をいって、通りを歩きはじめた。すぐに網七のことを頭によみがえらせる。

昨日、奈良兵衛店に網七は不在だった。どこに行ったのか、隣の店に住んでいる資太という男にたずねると、松島町の松島稲荷近くの酒井家という旗本屋敷の賭場にいるのではないか、と答えた。

酒井屋敷に足を運んだが、網七は賭場にはいなかった。そのときにはもう殺されていたのだ。

――酒井屋敷を出た直後、俺は侍に襲われた。待ち構えられていたのだ。

誰かが、防麻平帰散をつくって売った連中に注進したのではないか。嗅《か》ぎ回っている者がいると。

誰が注進したのか。怪しいといえば、みんな怪しい。おとばなど、特に怪しい。

――待てよ。

俺は本当につけられていたのか。いくら剣術の腕がないといっても、元徒目付である。尾行に気づかないなどということがあるのか。

あり得ぬ、と修馬は断じた。徒目付を馘になったとはいえ、まだ気配を覚《さと》る力はそうは衰えていないはずだ。

はっとした。そういえば、さっき待ち構えられていたと考えたばかりではないか。俺が酒井屋敷に行くと知っていた者が、注進したのだ。

資太だ、まちがいない。

あの男は俺のことを根掘り葉掘り聞いてきたではないか。あれは、防麻平帰散をつくって売った連中から、探ってくる者がいたら身元や素性を詳しく聞いておくようにいわれていたからではないか。

やつは今も長屋でくすぶっているだろうか。きっとそうだ。

地面を思い切り蹴《け》り、修馬は走り出した。


線香のにおいを嗅いだ。

一瞬、網七の葬儀が行われたのだな、と修馬は思ったが、そんなことがあるわけがないことにすぐさま気づいた。

赤坂新町五丁目で殺された男が網七であることは、ほんの半刻《はんとき》（一時間）ほど前に七十郎と清吉がこの奈良兵衛店を訪れたことで、ようやくはっきりしたばかりだろう。

網七の遺骸はまだ赤坂新町五丁目の自身番に置かれているのではないか。それとも、この時季のことだから、すでに荼毘《だび》に付されたのだろうか。

線香の香りが路地に漂っているのは、先祖か亡き家人のために、長屋の者が位牌《いはい》の前にともしたものだろう。

七十郎と清吉の姿はどこにもない。奈良兵衛店での聞き込みを終え、すでに探索の場をよそに移したのだ。長屋の井戸端には、たくさんの洗濯物が干されている。強い陽射しを浴びて、白さが目に痛いくらいである。

資太の店の前に立った修馬は、中に声をかけることなく障子戸を開け放とうとした。だが、心張り棒がかまされているらしく、わずかにかしいだだけだ。中からはけたたましいいびきが聞こえる。

――かまわぬ。

足を振り上げ、修馬は障子戸を蹴った。がたん、と激しい音とともに障子戸が狭い土間に倒れ込んだ。

すかさず修馬は中をのぞき込んだ。

障子戸が倒れたにもかかわらず、そんなものは平気の平左衛門といわんばかりに、大の字になった男が大いびきをかいていた。しずくの垂れた酒徳利が薄縁の上に転がっている。

障子戸をよけて、修馬は雪駄を履いたまま上がり込んだ。

「おい、起きろ」

かがみ込んで修馬はぴしゃぴしゃと資太の頰を叩《たた》いた。

「なんだ、なんだ。いってえ誰でえ。人が気持ちよく寝てるっていうのに」

目を覚ましたが、資太は起き上がろうとしない。寝ぼけており、まだ修馬が目に入っていないようだ。

「俺だ、よく見ろ」

えっ、といって資太が起き上がり、目をこする。酒臭い息のせいで胸くそが悪くなり、修馬は我知らず顔をしかめた。

「ええっと、どなたでしたかね」

目を細めて、資太がしげしげと修馬を見る。

「もう忘れたか」

鋭くいって修馬は顔を寄せた。

「あっ」

あわてて資太が立ち上がろうとする。なぜ修馬がここにいるのか理由を覚り、逃げ出そうとしたようだ。そうはせさじと、修馬は腕を伸ばして資太を押さえつけた。

「痛《いて》え、なに、するんですかい」

座り込んだ資太が抗議する。

「うるさい」

修馬は一喝した。資太がびくりとしておとなしくなった。

「それでいい。資太、きくが、おまえも防麻平帰散に関わっていたのだな」

「な、なんですかい、それは」

「とぼけるな」

怒鳴ると、資太が首をすくめた。

「お侍、大声を出さないでおくんなせえ。あっしはそういうことをする人が嫌いです」

修馬は昨日、資太にきかれるままに名乗ったが、この男はどうも修馬の名を覚えていないようだ。

「おまえに好かれようなどと、これっぽっちも思っておらぬ。おい、資太、きさま、俺のことを防麻平帰散の連中に知らせたな」

「いえ、そんなことはしていません」

「誰に知らせた」

「あっしにはお侍がなにをおっしゃっているのか、さっぱりですよ」

「あくまでもとぼけるつもりか」

資太の首根っこをつかみ、修馬はきつく締め上げた。

「く、苦しい。お、お侍、やめてくだせえ」

「これでも手加減している」

「放してくだせえ、し、死んじまう」

修馬は少しだけ腕から力を抜いた。

「おい、資太、おまえ、網七が殺されたことを知らぬのか」

七十郎と清吉も事情を聞くためにこの店を訪ねたのだろうが、朝からの酒で酔って寝ていた資太は、気づかなかったのだ。

「えっ、なんですって」

案の定、目をむいて資太が修馬を見る。心の底から驚いている顔だ。

よし、ようやく話を聞けそうだな。判断して修馬は資太の首から手を放した。

「いいか、網七は口封じに殺されたのだ」

「そ、そんな」

「死にたくなければ、資太、すべて話せ」

「いえ、でもあっしは、お侍がなにをおっしゃっているのか、さっぱりですよ」

さっきいったばかりのことを資太が繰り返した。ついに修馬の堪忍袋の緒が切れた。

「立てっ」

語気荒くいって先に立ち上がり、修馬は資太の腕をぐいっと引っ張った。

「な、なにをするんですかい」

「知れたこと。これからおまえを番所に連れてゆくのだ。いいか、おまえは獄門だ。いや、防麻平帰散の噂を広める役目をつとめただけだろうから、獄門まではいかぬな。死罪だろう。どのみち首を刎《は》ねられるのは同じだが、首はさらされぬ。これも御上の御慈悲だ、ありがたく思え」

奈良兵衛店まで来る道すがら、修馬は、資太も防麻平帰散のさくらをしていたのだろう、と考えたのである。多分、網七に誘われるかしたはずだ。

おそらく資太はさくらのことなど、もうほとんど忘れていただろう。そこに昨日、急に網七のことを調べにやってきた侍がいたのだ。適当にごまかしたものの、我が身のことがにわかに案じられた資太は、防麻平帰散の連中のところに注進したにちがいないのだ。

口をわななかせ、資太は愕然《がくぜん》として修馬を見つめている。

「し、死罪って、お侍、いったいなんのことですかい」

「防麻平帰散のせいで、子供に大勢の死者が出ている。そのことはおまえも知っているだろう。番所は必死に偽薬づくりの下手人を追っている。関わった者すべてを獄門にしようとしているのだ。おびただしい死者が出るような偽薬を売ることに荷担した者が、そうなるのは当たり前のことだろう」

「お侍、あっしはなにもしていませんって。信じてくだせえ」

たるみきった頬に、資太は脂汗をだらだらと流している。

「弁明の類《たぐい》は番所でしろ。資太、行くぞ」

改めて修馬は資太の腕を引っ張った。

「ま、待ってくだせえ」

口をがくがくさせて資太が懇願する。力をわずかにゆるめて、修馬は資太を見据えた。

「気が変わったか。話す気になったか」

「ええ、なりやした」

がくりと首を折って資太がいった。すぐに顔を上げる。

「でもお侍、これだけは約束してください。すべてお話ししたら、御番所に連れていかないってことです」

「わかった、約束しよう。番所には連れていかぬ。だがもし嘘《うそ》をついたら、そのときには容赦せぬ。おまえは番所行きとなり、その後は笠《かさ》の台の生き別れだ」

「笠の台の生き別れ……」

こわごわといい、資太が首筋を手でなでた。笠の台とは首のことである。

「よし、話せ」

座り直して修馬は資太をうながした。

「どこから話しましょう」

戸惑った顔で資太がきいてくる。

「注進した相手の名と住みかだ。とりあえずそれだけでよい」

「わかりやした」

覚悟を決めたように資太がうなずいた。大きく息を吸ってから語り出す。

「霊岸島《れいがんじま》新堀の近くに、啓光院《けいこういん》というお寺さんがあります。そこの寺男で、書之助《しよのすけ》さんという人がいます。その人に用件を伝えればよいことになっています」

霊岸島新堀か、と修馬は思った。確か新堀川とも呼ばれている水路のことだな。あのあたりなら、すぐに場所はわかるだろう。少し不安ではあるが、行けると踏んだ。

「よし、わかった。啓光院の書之助だな」

すっくと立ち、修馬は資太を見つめた。

ふと気づいたことがあった。防麻平帰散の噂を広めるさくら役をしたにもかかわらず、この男は生きている。同じ役をつとめた網七は殺された。

このちがいは、いったいなんなのか。同じさくらというのなら、おとばも生きている。

となると、と修馬は思った。口封じで網七は殺されたわけではないのか。命を絶たれたのは、ほかに理由があったということか。やはり『あの人』が絡んでくるのか。

それについては今はいい、と修馬は断じた。考えている暇はない。それよりもまずは動くことである。

「よいか、資太、ここでおとなしくしていろ。俺はまた戻ってくるからな。そのときにおまえがここにいなかったら、捜し出して番所に連れてゆく。わかったか」

また注進されてはたまらない。いや、もうそんな度胸はないだろうが、行方をくらます恐れは十分にある。

「へ、へい、わかりやした」

おびえたように資太が答えた。

「いや、待て。おまえも一緒に来い」

この男も一緒に連れていったほうがいいだろう、と修馬は判断した。

「えっ、どうしてですかい」

まさかの出来事だったらしく、資太が狼狽《ろうばい》する。

「いいから来い」

「正直にいえば、番所に連れていかないっておっしゃったじゃないですか」

「連れてゆくのは番所ではない」

「どこに行くんですかい」

「啓光院だ」

「なにをしに行くんですかい」

「いいから来い」

資太を引っ張って修馬は長屋の路地に出た。資太の腕を引いて足早に歩く。

「資太、聞きたいことがある。おまえは、なにかあれば寺男の書之助に知らせるようにといわれたのだな。そういったのは誰だ」

「名は知りません。陶山という一膳飯屋に食べに行ったとき、さくらをするように誘われた人にいわれました」

網七に誘われたわけではなかったのだ。

「誘われたのはいつだ」

「ひと月ほど前です」

「おまえ、まじめに防麻平帰散の噂を広めたのか」

「まじめというほどではないですが……」

「きさまらのせいで、大勢の子供が死んだのだ。まったく殺しても飽き足らぬくらいだ」

「すみません」

首を縮めて資太はしょんぼりしている。

「まさか偽薬だと思わなかったものですから」

「そいつは本当か。はしかの特効薬だと聞かされたのだろうが。そんな薬がこの世にあるものか」

「いえ、特効薬ができたと聞かされたんですよ。正直いえば、あっしも半信半疑だったんですけど」

「資太。網七がおまえと同じことをしていたことを知っていたか」

「ええ、長屋で酒を飲んだときに話しましたから。ちょっとびっくりでしたね」

「二人とも男から一朱もらったのか」

「さいです」

おとばも一朱だったといっていた。

「たかが一朱で魂を売りやがって」

「たかがとおっしゃいますが、あっしのような者にはありがたかったんですよ」

「まじめに働かぬから、悪いやつにつけ込まれるのだ。一所懸命に仕事に励んでいる者には、悪いやつは目をつけぬものだ。どこにも付け入る隙がないからだ」

「はあ」

「楽して金を稼いでも楽しくあるまい」

「でも金は金ですからねえ」

「四の五のいわずに働け」

「は、はい、わかりやした」

元気よく答えてみせたが、資太が本気で働くようには思えない。だが、修馬にはこれ以上、どうすることもできない。はなから番所に突き出す気などない。

ところで、と修馬はいった。

「網七の右耳の傷だが、熊にやられたというのは本当か」

「ええ、本当だと思いますよ」

「網七の出がどこか、知っているか」

「ええと、あれはどこでしたかねえ。聞いたことはありますけど。——ああ、あれは越前ですね」

越前と聞いて、修馬はぴんときた。

「鯖江か」

「お侍、よくご存じですね」

そうか、網七の出は鯖江だったか、と修馬は思った。とすると、陶山で網七をさくらに誘った人相書の男とは、旧知の間柄だったのかもしれない。南品川には鯖江の間部家の下屋敷がある。偽薬の売り子多津助が旧居と騙《かた》った南品川の空き家は、やはり土地鑑があったゆえに選ばれたのだ。

まちがいない、防麻平帰散をつくり、売りさばいたのは鯖江間部家だ。

多津助もこの俺を襲ってきた侍も、きっと間部家の家中の士だろう。

「ところでお侍、あの、網七さんは誰に殺されたんですかい」

おずおずと資太がきいてきた。

「防麻平帰散をつくって売った連中に決まっておろう」

「ええっ、まことですかい。でも、どうして網七さんは殺されなきゃいけなかったたんですかい」

「知らぬ。俺は口封じではないかと思っていたが、そうすると、おまえが今も生きている理由がわからぬ」

「あっしも殺されるかもしれないんですね」

顔をこわばらせた資太が身を震わせる。

「殺されはせぬ」

子猫のようにおびえている目の前の男が哀れで、修馬は安心させてやった。

「えっ、まことですかい」

「おまえを殺す気なら、いつでもできたはずだ。だが、そうはしておらぬ。これはおまえを殺す気がないということだ。なにしろ、おまえが俺のことを啓光院に注進したとき、網七はすでに殺されていたのだからな」

「えっ、そうなんですかい」

驚愕を顔に貼りつけて資太がきく。

「ああ、斬り殺されたのだ」

「さ、さいですかい……」

網七の死にざまにかなりの衝撃を受けたようで、資太が黙り込んだ。それからはうつむき、無言で足だけを動かしはじめた。

霊岸島新堀にかかった橋を渡った。

この橋は湊《みなと》橋と呼ばれているはずだ。

湊橋を渡ってすぐの道を左へ折れた。霊岸島新堀沿いの道を東に向かう。

「ここですよ」

足を止めて資太がいった。

目の前に、ちっぽけな寺が建っている。資太から手を放し、修馬は寺を眺めた。

大きく開かれた山門には石段がついているが、たったの三段しかない。山門の扁額には、『会仙山《かいせんざん》啓光院』と記されている。

山門側は道に面しているが、境内のそれ以外の三方向は、すべて町屋に囲まれている様子である。

「資太、書之助を呼び出して、ここに連れてくるのだ」

厳しい口調で修馬は命じた。

「えっ、あっしがですかい」

人さし指で資太が自らを指さす。

「そうだ。なんのためにおまえを連れてきたと思っているのだ。とっとと行け」

「でも、なんていって呼び出せばいいんですかい」

「自分で考えろ」

修馬は突き放した。

「そんな」

資太は、母犬に見捨てられた子犬のような情けない顔になった。

「早く行け」

尻を引っぱたくようにして修馬がいうと、びくりとした資太が石段を駆け抜け、山門を一気にくぐっていった。

資太が書之助を呼んでくるあいだ、修馬は腕組みをして霊岸島新堀を眺めた。半町（約五四・五メートル）ほどの幅を持つ水路に日が射し込み、きらきらとさざ波にはね返っている。そのまばゆさの中を、多くの荷船が繁く行きかっている。

先ほど渡ってきたばかりの橋が湊橋というくらいで、すぐ近くが江戸の湊になっており、諸国からたくさんの大船が来て帆を休めているのだ。二町ほど東側に見えているのは、永代橋《えいたい》である。今も大勢の人たちが往き来している。

それにしても鯖江か、と修馬は思った。

いくら儲かるとはいえ、なにゆえ間部家はそんな危ない橋を渡ったのか。露見すれば、取り潰しになるのはわかりきっているではないか。

「お侍——」

横合いから声がかかり、修馬はそちらを見た。硬い顔をした資太が戻ってきた。後ろに書之助らしい男をしたがえている。この暑いのに、作務衣をしっかりと着込んでいる。まさに寺男そのものの姿である。この男は間部家となにか関係あるのだろうか。

「お連れしやしたぜ。こちらが書之助さんですよ」

修馬に紹介した資太が頭を下げ、横にどく。

修馬は書之助をじろりと見た。書之助はいぶかしげに修馬を見返している。逃げようとする素振りはない。

どうやらこの様子では、と修馬は考えた。この男もつなぎに過ぎぬのではないか。間部家の家臣というわけではなさそうだ。だが、先入主は避けなければならない。この男も悪人であると思って対したほうがよい。

「俺は山内修馬という。元徒目付だ」

「えっ、御徒目付……」

おそるおそるという感じで、書之助が修馬を見る。

「昨日、おまえはこの資太から、俺についてつなぎを受けたな。そのつなぎをさらにどこかに伝えたはずだ。それがどこかを教えてもらいたい」

だが、書之助は口を開こうとしない。ふくよかな顔にまん丸な目がついており、あまり阿漕《あこぎ》なことを考えるような男には見えない。むしろ気弱そうで、人はよさそうに見える。歳は三十半ばくらいだろう。ちょっと見はかわいい顔に見えないこともない。意外に女にもてるのではあるまいか。

「なぜなにもいわぬ。きさまも防麻平帰散に関係している者だから、口を閉ざしているしかないのか」

「今なんといったのかな。ぼうまなんとかさんといったか……。それはいったいなんのことだ」

書之助がとぼけているのか、本当に知らないのか、修馬には判断がつかなかった。

「教えてやろう。耳をかっぽじってよく聞け。防麻平帰散だ。こいつは、はしかに効くという触れ込みの偽薬だ。この偽薬のために、大勢の子供が死んだ。おまえはその片棒を担いだことになるのだ」

「大勢の子供が死んだというのは本当なのか」

驚いて書之助がきいてきた。

「本当だ。おまえが信じる信じぬは勝手だが、おまえが昨日つなぎを取った者は悪人以外の何者でもないぞ。やつらはきっと死を賜ることになろう。おまえも同罪だ」

「えっ、そんな。わしはなにも知らない。わしは、頼まれただけだ」

「誰に頼まれた」

だが、それについて書之助は口にしようとしない。

「では、別の問いにしよう。どういうふうに頼まれた」

喉仏を上下させてから書之助が語った。

「男女を問わず十人ばかりの名が記された紙を一枚、渡された。もしこのわしのもとに訪ねてきた者がおり、その者の名がこの紙に記された名と一致したら、内容を聞き、すぐに告げ知らせてほしい、ということだった。資太さんの名は紙に記されている。だから、俺は知らせたのだ」

「きさま、金で雇われたのか」

なにもいわず、書之助は口をぎゅっと引き結んでいる。もしや、この男は秘密でも握られているのか。

「いいか、俺は昨日襲われたのだ」

書之助に顔を近づけ、修馬は低い声音で告げた。

「おまえがつなぎを取った者が襲ってきたのだ。俺はこうして生きてはいるが、背後から不意を突かれたゆえ、死んでいてもおかしくはなかった」

「背後から……。そ、それは知らなかった」

書之助が声をうわずらせる。

「とぼけるな。つなぎを取れば俺が襲われることを、おまえ、知っていただろう」

「いや、知らなかった。信じてくれ」

「誰が信じるか。嘘をつくな」

「嘘はついていない」

必死の顔つきで首を振り、書之助が言葉を続ける。

「昨日は、資太さんから聞いたことをそのまま知らせたにすぎないんだ。山内修馬という浪人が、網七という男を捜して松島町近くの旗本酒井屋敷に行くと。――まさか山内さんが襲われるなど、まったく思いもしなかった」

「ふむ、信じてもよいぞ」

一転、修馬は柔らかな口調でいった。

「ただし、おまえがどこへ知らせに走ったかをいえばだ」

ごくりと唾を飲み込み、書之助が修馬を見る。瞳《ひとみ》が揺れている。

「間部家か」

とどめを刺すように修馬はいった。それを聞いて書之助が瞠目する。

「知っていたのか」

「間部家の誰に知らせた」

「長尾さまだ」

「長尾というのは」

「江戸御留守居役」

「ほう、なかなかえらいのだな」

顎をさすり、修馬は書之助をにらみつけた。

「おまえ、臑《すね》に傷持つ身なのか。だから長尾とかいうやつに脅されて、使い走りのような真似《まね》をしているのか」

唇を噛み締めて書之助は黙りこくっている。

「女か。それとも金か。寺ともなれば、その二つのうちのどちらかだろう」

情けなさそうに書之助はうなだれている。

「女だな。ここの住職の女房にでも手を出したのか。いや、ちがうようだな。ははん、妾《めかけ》だな。おぬし、住職の妾と不義をはたらいたのだな。それを長尾というやつに知られたのか。——おい、俺の推測はちがっているか」

心底驚いているようで、書之助は呆然《ぼうぜん》としている。

「合っているようだな。もともとおぬし、その長尾というやつと知り合いなのか。でなければ、脅しの種などできぬからな。多分、妾と出合い茶屋に入ったところでも長尾に見られたのだな。書之助、長尾とはどんな知り合いなのだ」

あまりにずばずばと修馬がいい当てるので、書之助はあっけにとられているようだ。

唇を湿して話し出した。

「わしは以前、階行寺《かいぎょうじ》という寺で寺男として働いていた。階行寺は江戸で代々暮らしている長尾家の菩提寺《ぼだいじ》だ。だがわしは女でしくじりを犯し、階行寺を馘になった。そこを長尾さまが救ってくれた。啓光院を紹介してくれたのだ」

「だが、またも悪い癖が出たのか。住職の妾に手を出したのだな」

答える代わりに書之助はため息をついた。

「啓光院を紹介してもらった恩がある上に、弱みまで握られたのか。それは逆らえんな」

修馬にいわれて、さらに書之助がうなだれる。

「まあいい。よく話してくれた。これでおぬしも獄門は免れた」

「まことですか」

すがるような顔つきの書之助が、これまでになかった丁寧な口調できいてくる。

「ああ、まことだ。安心してよいぞ」

これで、と修馬は思った。すべてが埋まったような気がする。あとは間部家が関与したという証拠を握る必要がある。それには、間部家のことを知らなければならない。

「間部家の上屋敷はどこにある」

すぐさま修馬は書之助にたずねた。

「大名小路です」

「ならば、日本橋の近くか」

「とても近くです。常盤橋《ときわばし》門を入ってすぐのところですから」

常盤橋門から南に向かって銭瓶橋《ぜにがめ》を渡ると、すぐ北町奉行所がある。北町奉行所は呉服橋門内にあり、そこから呉服橋を東へ渡れば、日本橋の呉服町に至る。

「おい、書之助」

修馬は呼びかけた。

「おぬし、間部家について詳しいか」

「ええ、まあ」

「ならば、どういう大名か、教えてくれ」

「はあ。今でしょうか」

「忙しいか」

「いえ、大丈夫ですが」

「ここでは人目もあるゆえ、境内に入るか。住職はいらっしゃるのか」

「いえ、お出かけです」

「もしや妾のところか」

はい、と小さな声で書之助がうなずく。

「ほかに寺男はいるのか」

「いえ、わし一人です」

「そうか。入らせてもらってよいか」

「はあ、どうぞ」

「すまぬな。長居はせぬ」

「あの山内さま、あっしはもう帰ってもいいですかい」

小ずるそうな顔で資太が申し出る。

「ああ、いいぞ。だが、おとなしくしていろよ。おまえまさか今日のことを間部家に知らせるつもりではないだろうな」

「滅相もない」

「もしそのような真似をしたら、本当に獄門だぞ」

「ええ、よくわかっております。長屋でおとなしくしておりますから。酒をきゅうっとやって、寝直すつもりですよ」

「それがよかろう」

「では、あっしはこれで」

頭をぺこりと下げて資太がきびすを返す。すたすたと足早に道を歩いてゆき、やがて姿は見えなくなった。

「よし、行くか」

書之助の案内で修馬は啓光院の境内に入った。木々が多いせいか、涼しい風が吹き渡っていた。暑さから逃れられ、さすがに修馬はほっとした。

正面に本堂があり、右手に鐘楼が建っている。本堂の左側に庫裏らしい建物が見え、納所《なっしょ》らしい建物は鐘楼の先にある。墓地は本堂の背後に広がっているようだ。

修馬たちは納所の一間に陣取った。六畳間である。この部屋で、書之助は暮らしているそうだ。

「それで、間部家というのはどんな家だ。台所事情はよほど苦しいのか」

座るやいなや修馬は問いを発した。

「それはもう苦しいという言葉では、いいあらわせないのではないでしょうか。他のお大名とは、とにかく比べものになりません。鯖江の領民に対して、苛烈《かれつ》すぎるほどの政《まつりごと》をしていると聞いていますよ」

「苛烈すぎるほどの政か」

「ええ、苛斂誅求《かれんちゅうきゅう》という言葉がぴったりらしいのです。それは、越後村上から越前鯖江に間部さまが移ってきたことと関係しています」

思わせぶりに書之助が言葉を切った。

うながすような真似はせず、修馬は書之助が再び口を開くのをじっと待った。

二

醬油《しょうゆ》問屋の川下屋に押し込み、千両箱を一つ奪っていった賊は、元岡《おか》っ引《ぴき》である世良造の兄の環吉にむしゃぶりつかれ、羽のついた金の馬を懐から落とした。

畳に落ちたそれを環吉は蝶々《ちょうちょう》の金細工とみて、それを聞いた弟の世良造は兄を殺した賊の行方を追う手がかりとした。

一緒に探索すると約束した世良造はひどい夏風邪を引いたとのことで、結局、徳太郎は今日は一人で調べることになった。

では、と徳太郎は思った。クロともう一匹の柴犬《しばいぬ》の腹を裂いた下手人は、なにゆえ羽のある金の馬をクロにのみ込まれるような羽目になったのか。

もしクロが羽のついた金の馬をのみ込まず、行方知れずになっていなければ、徳太郎が行方を追うことはなかった。

犬にのみ込まれた。やはり羽のついた金の馬を地面に落としたとしか考えられない。路上に落としたところを食いしん坊のクロに一足早くのみ込まれ、逃げられたというのが正しい見方ではないだろうか。

なにゆえ羽つきの金の馬を落とすような羽目になったのか。下手人が誰かにむしゃぶりつかれるようなことがあったのか。諍いの類があったのだろうか。

羽つきの金の馬を路上に落とさざるを得ない出来事が、その者の身に起きたことだけはまちがいない。

それはどのようなことなのか。

わかるはずがなかった。考えているだけでは駄目だ、と徳太郎は思った。これも地道に調べてゆくしか道はあるまい。

そう思って徳太郎はクロの縄張である麴町を中心に、店だけでなく民家も含めて一軒一軒、しらみ潰《つぶ》しに聞き回っていった。

金色の馬だと、はっきり見ておらずともよい。とにかく、金色の小さいなにかを懐から落とした者を見た人がいないか、徳太郎は集中して聞いていった。

さすがに雲をつかむような話でしかなく、手がかりはつかめない。

気づいたら、聞き込みをはじめてすでに半日以上たっていた。

こんなに長く聞き回ったにもかかわらず、なにも出てこない。さすがに徒労を感じる。

いや、この程度のことに負けていられるか。こんなことで、へこたれてはいられないのだ。俺はクロ殺しの下手人を必ず挙げるのだから。それで、おとものの笑顔を取り戻すのだ。

そう、やるしかないのだ。弱音は禁物だぞ。

よし、やるぞ。徳太郎は改めて自らに気合を入れた。

炎天のもと、また聞き込みをはじめようとしたが、なぜか体に力が入らない。

これはなんだ、どういうことだ。

わけがわからず徳太郎は戸惑うしかない。

つと、腹の虫が盛大に鳴った。

ああ、俺は腹が減っているのだな。それで力が抜けてしまっているのだ。

そうか、やはりこういうこともあるのだな。食事の大切さを身をもって知った。

とにかく空腹を紛らわせられればよい。目についた蕎麦屋の暖簾を徳太郎は払った。

注文をする前に、ここでも小女やあるじ、女房に、金色の馬のことを徳太郎はたずねた。だが、そのような物を落とした人物を見た者はいなかった。

やはりそうか。そうだよな。甘くはない。

「お客さん、なにを召し上がりますか」

ずんぐりとした感じの小女にきかれた。

「そうだな、ざるを二枚もらおうか」

「ざるを二枚ですね」

やや仏頂面をしたように見えた小女が厨房《ちゅうぼう》に注文を通しに行く。

湯飲みを手に取り、徳太郎は生ぬるい茶をがぶりとやった。

それで一息つけたが、陽射しにずっと当たっていたからか、頭がふらふらしてきている。

おい、俺は本当に大丈夫なのか。このくらいでばててしまって。

本当に鍛え直したほうがよいようだ。こんなざまでは、道場の師範代はつとまらぬぞ。

お待たせしました、と小女がやってきた。徳太郎の前に二枚の蕎麦切りがのった膳《ぜん》が置かれた。

――ずいぶん早いな。

なんとなく徳太郎は思ったが、早く出てくる分にはありがたい。

箸を手に取り、徳太郎はさっそくずるずるとすすった。だが、すぐに心中で顔をしかめることになった。

うまい蕎麦切りとは、とてもいえない。蕎麦切り自体、腰がなくてまったく駄目だが、特につゆがいけない。だしがほとんど取れていないのだ。だしを惜しんでいるとしか考えられず、こくがまったく感じられない。なにかぼんやりとした味になってしまっている。

こらえきれないほどの空腹なら、どんな物を食べても大抵うまいと感じるはずなのに、この程度の味にしか感じない。相当ひどい蕎麦切りを出されたのだ。

江戸で暮らしていると、ときおりこういう店にぶつかる。とにかく人が多いから、この手の店でも商売が成り立つのだ。

なにか文句の一つでもいってやりたかったが、徳太郎はそういうことのできる性格ではない。小女にちょうど五十文を支払い、黙って蕎麦屋をあとにした。

二度と食べに来ぬからな、と腹の中で徳太郎は毒づいた。それで胸のつかえが下りるはずもない。しくじったな、という思いで心は一杯である。腹が減っているからと、なにも考えずに入るべきでなかったのだ。

相変わらず人の往来が激しい通りを歩きはじめたが、なにかまったく食べた気がしない。口直しをしたいところだ。腹にはまだ、ありあまるほどの余裕がある。

どこかよさそうな飯屋があったら入ろうと決めて、修馬は再び聞き込みをはじめた。

なにも手がかりをつかむことなく、あっという間に四半刻（三十分）が経過した。

やはりむずかしいものだな、と徳太郎は思った。探索においては、手がかりをつかむことができるのは百回当たって一回もない。下手をすると、千回に一回ほどではないか。

泣き言をいうな、と徳太郎は自らを叱咤《しった》した。自分にできるのは、がんばり続けることだけだ。それできっと道は開ける。とにかくあきらめぬことが肝心だろう。

徳太郎はなおも聞き込みを続けた。辻《つじ》に来たとき、黒い柴犬が目の前を通った。クロ、と思ったが、それはあり得ない。クロは死んでしまったのだ。徳太郎はなんとなくその犬のあとを追って、角を曲がった。

犬が不意に駆け出し、徳太郎の視野から消えた。

——ああ、いなくなってしまった。

そのとき、食い気をそそる香りが徳太郎の鼻をくすぐっていった。

——おっ、このにおいは。

あさりではないだろうか。大好物のあさりを醤油で煮ているようだ。

どこだろう、と思って徳太郎はあたりを見回した。

——あそこだ。

半町ほど先に、あさりと染め抜かれた幟《のぼり》がひるがえっているのが見えている。

半町先のあさりのにおいを、俺の鼻はとらえたのか。いくら大好物とはいえ、まるで犬のように利く鼻ではないか。

よし、あの店で食べ直しをしよう。

心に決めて、徳太郎はあさりの飯屋までの半町を必死の思いで聞き込んだ。

結局、なにも得られないまま、その飯屋にたどり着いた。

昼時をだいぶ過ぎており、店内は閑散としていたが、これまでかなりの客が入っていたことが、店の雰囲気から感じ取れた。

長床几《ながしょうぎ》に腰を下ろした徳太郎は、これは期待できるのであるまいか、と胸を弾ませた。

壁に貼《は》ってある品書きには、あさりしか載っていない。ここはあさり尽くしの店なのだ。

これまで麴町に、このような店があることは知らなかった。新しくできた店なのかもしれない。

この建物には前は別の店が入っていたような気がするが、どんな店だったか、徳太郎は思い出せない。

江戸という町は次々に店ができては次々に消えてゆく町なのだ。ということは、先ほどの蕎麦屋もいずれ潰れる運命かもしれない。

注文を取りに来た小女に、徳太郎はあさりの酒蒸しと炊き込みご飯を頼んだ。炊き込みご飯にはあさりの味噌汁がつくということだ。

実のところ、これが絶品だった。あさりがとにかくうまいのだ。身がぷりぷりして、歯応《はごた》えがあり、甘みが強い。身を嚙み切ると、旨《うま》みがぴゅっと飛び出てきた。あさり自体にも濃いこくがあった。

こいつはすごいな、と徳太郎はうなるしかなかった。まさにいうことなしである。

「すばらしいな、この店は」

勘定の際、小女に向かって徳太郎は感嘆の声を出した。これで四十五文は安すぎるくらいである。

「ありがとうございます」

うれしそうに小女が頭を下げる。

「また来る」

「はい、お待ちしております」

店を出るときに徳太郎は、路上の招牌《しょうはい》に目をやった。そこには『すんなり屋』とあった。

すんなり屋か。あさりを連想させる名ではない。なにゆえこんな名をつけたのだろう。

歩きはじめた徳太郎はしばらくそのことを考えていた。

――ああ、そういうことか。あさり。あっさり。そしてすんなり。そういうしゃれではないのか。

江戸者はだじゃれが大好きである。今の店も、そんな江戸者の滑稽味《こっけいみ》から名づけられたのではあるまいか。

——ああ、しまった。すんなり屋で話を聞くのを忘れてしまった。

あまりのうまさに、我を忘れたといってよい。なにゆえ注文する前に話を聞かなかったのか。好物のあさり尽くしという物珍しさに目を奪われ、当初の目的を失念してしまったのだろう。

「ちとすまぬが」

再び暖簾を払って、徳太郎は小上がりの片づけをしている小女に声をかけた。

「あら、お侍、なにかお忘れ物でもございましたか」

「いや、そうではないのだ」

徳太郎は事情を告げた。

「金色の細工物を落とした人ですか。はい、この前いらっしゃいましたね」

小女があっさりと認めたから、徳太郎はそのことに驚いた。

「まことか」

徳太郎の胸は高鳴った。ついに見つけたのではないか。

いや、まだ喜ぶのは早い。じっくりとこの娘の話を聞いてからだ。

「それはいつのことかな」

「三日前の昼だと思います」

クロがいなくなった当日である。

「どのようなことがあって、その男は金色の細工物を落とすことになったのだ」

「実は、お勘定の順番で諍いがあったのです。割り込もうとした、しないで二人の男の人が喧嘩《けんか》になって、一人が突き飛ばされたんです」

江戸っ子は気短が多いから、この程度のことでも喧嘩がすぐにはじまる。喧嘩にかぶる笠はなし、というから、喧嘩は避けようがないものと江戸っ子は認めているのだろうが、あまりに多すぎて、徳太郎は辟易《へきえき》する。

小女が話を続ける。

「ちょうどそのとき店に入ろうとした人がいたのです。突き飛ばされた人とぶつかって、その人の懐から金色の物が飛んだように私には見えました。一瞬、小判が飛んだのか、と思ったくらいですから、金色だったのはまちがいありません」

「ぶつかられた男はどうした」

「あっ、と声を出して外に飛び出していかれました。でも結局、それきり戻ってこられませんでした」

「金色の細工物を犬にのまれてしまったのではないかと思うのだが、おぬし、その場面は見ておらぬか」

「えっ、本当ですか。あの金色の物を犬にのみ込まれてしまったのですか。いえ、そこまでは見ていません」

そうか、と徳太郎はいった。

「ところで、この店に黒い柴犬は来るか」

「ええ、よく来ます」

「その犬の名は」

「クロです」

やはりそうか、と徳太郎は心中で拳《こぶし》を握り締めた。だが、クロという名の黒い柴犬は少なくないだろう。

「おぬし、クロの飼主を知っているか」

「ええ、存じています。おともちゃんです」

もはや疑いようがない、と徳太郎は納得した。クロの腹を裂いた男は、この店で金色の馬を路上に落としたのだ。

首をかしげ、小女が眉を寄せる。

「そういえば、ここ二、三日、クロは姿を見せませんね。なにかあったのでしょうか」

本当のことをいうべきか徳太郎は迷った。いったところで、この娘が悲しむだけだろう。ここは口を閉ざしておいたほうがいいような気がした。

「きっとどこかで幸せに暮らしているのではないかな」

「えっ、クロはどこかにもらわれて行ってしまったのですか。おともちゃん、手放したのですか」

「さて、どうだろうかな」

言葉を濁し、徳太郎は話題を変えた。

「――そのぶつかられた男の顔をおぬし、覚えているか」

「ほとんど覚えていませんけど、一つだけ」

そういって小女が人さし指を立てた。

「聞かせてくれるか」

「ここのところに――」

小女は、立てた人さし指をそのまま自分の左の眉に持っていった。

「大きなほくろがありました」

まちがいない。小間物売りの次郎作が路地で見た男と同じ人物だ。次郎作も、その男には左眉にほくろがあったといっていた。

「その男は、俺が捜している男でまちがいないようだ。身なりはどうだっただろう。覚えているか」

「商人ではないか、と思います。着物は上等のものだったように感じました」

「よく思い出してくれた。思い出しついでというとなんだが、男の人相書を描きたいのだ。力を貸してくれぬか」

頭を下げて徳太郎は小女に申し出た。小女が困惑をあらわにする。

「でも一瞬でしたから、私、その人の顔をほとんど覚えていません」

「それでもかまわぬ」

「ちょっと聞いてきます」

小女の一存ではいかないということか。厨房で下ごしらえをしているらしいあるじに聞きに行ったようだ。

目をきらきらさせて小女が戻ってきた。

「お昼を過ぎて暇になったからかまわないということですけど、お侍、私、本当に自信はありません」

「それでもよいのだ。力を貸してほしい」

徳太郎は真剣に頼み込んだ。その思いは小女に伝わったようだ。うなずいてくれた。

「わかりました」

菩薩《ぼさつ》のように、小女はにこにこしている。

四半刻ほどかけて、徳太郎は出来のよさそうに思える一枚の人相書を描き上げた。

「これはどうだ」

墨を乾かしてから、徳太郎は小女に人相書を見せた。食い入るように小女が見る。

「よく似ているような気がします」

「そうか、よかった」

ほっと肩の力を抜き、徳太郎は一息ついた。

「ありがとう。助かった」

「その男の人、見つかりそうですか」

「必ず見つける」

人相書を丁寧に折りたたみ、徳太郎は懐にしまい込んだ。

「どうしてお侍はその男の人を捜されているのですか」

「申し訳ない。それはちといえぬのだ」

「ああ、そうなんですか。あの、クロが来なくなったことと関係あるのですか」

さすがに徳太郎はぎくりとした。

「クロが金色の細工物をのみ込んでしまったのでしょう」

「おそらくな」

「もしかしてクロは死んでしまったのですか」

どう答えるべきか、徳太郎は悩んだ。

「実はそうだ。俺はクロの仇を討つため、働いているのだ」

ぽろりと小女が涙の粒を一つ落とした。

「そうだったのですか。クロにもう会えないなんて、信じられない」

両手で顔を押さえ、小女はぼろぼろと泣き出した。

「すまぬな。俺は行く」

か弱い小女を見捨てるような気がして、徳太郎は胸が痛んだが、ほかにどうすることもできなかった。暖簾を払って外に出た。

いつしか空は曇っており、夕立でもきそうな雲行きになっていた。

これで一雨くれば、少しは涼しくなるのだろうが、と徳太郎は思った。できれば、まだ降ってほしくなかった。これから探索を続けるつもりでいる。雨は夜まで待ってもらいたい。だが、自然のことがおのれの思い通りになるはずもない。

描いたばかりの人相書を手に、徳太郎は聞き込みをはじめた。

左眉にほくろのある男。これだけ大きな特徴があれば、必ず見つけ出すことができるはずだ。徳太郎は確信を持っている。

人相書のこの男が、すんなり屋で食事をとろうとしていたのも、麴町になんらかの用事があったからだろう。麴町に人相書の男を知っている者が必ずいるはずなのだ。

だが、なかなか見つからない。

やはり甘くはないものだな。

気づいたら、日暮れが近くなっていた。空がだいぶ暗くなっている。日の長い時季だが、没しない太陽はないのだ。雨は降らず、なんとかもってくれた。

あまり遅くなるわけにはいかない。妹が心配する。

美奈は心配性なのだ。

もっとも、自分もいつも美奈の心配ばかりしている。口うるさくいうことも多い。

そのために、美奈には煙たがられている。

美奈は、と徳太郎は思った。修馬のことをどう思っているのだろう。

修馬はいい男だ。あの男なら安心して美奈を託せるような気がするが、買いかぶりすぎだろうか。

男女のことは本人同士でしかわからぬ。いくらまわりの者がいいといっても、駄目なときは駄目なのだ。

「おっ、徳太郎ではないか」

いきなり声がかかり、徳太郎は驚いた。

「あっ、修馬」

噂をすれば影が差すというが、頭の中で思っても同じことが起きるのだろうか。修馬は柔らかな笑みをたたえて立っている。

「修馬、こんなところでなにをしている」

「なにをしているもなにも、ねぐらに帰るところだ。俺のねぐらは麹町にあるからな」

「なんだ、そうだったか」

ならば俺も帰るとするか、と徳太郎は考えた。さっきすんなり屋で食べたばかりのような気もするが、すでにこらえきれないほど腹が空《す》いてきている。美奈はきっと、うまい物をつくって待っているにちがいないのだ。

「どうだ、徳太郎、クロの仇討はうまくいきそうか」

修馬にきかれ、徳太郎は力んで答えた。

「当たり前だ。いくに決まっておろう」

「それは重畳《ちょうじょう》」

「修馬こそどうなのだ。はしかの偽薬の探索は進展したのか」

余裕の笑みを浮かべて修馬がうなずく。

「もはや大詰めだ」

なんと。徳太郎は目をみはった。

「まことか」

「ああ、張本人が知れたゆえな」

「誰だ」

足を踏み出し、すっと顔を寄せてきた修馬が低い声で告げる。

「越前鯖江の間部家だ」

「なに、偽薬の黒幕は大名だったのか」

「うむ、まちがいない」

「よく突き止めたものだ。修馬、でかしたな」

「ああ、自分でもよくやったと思う。番所にはもう伝えてきた」

「そうか。やはりすごいな、修馬は。さすがに辣腕《らつわん》の徒目付だっただけのことはある」

首をひねって修馬がじろじろ徳太郎を見ている。

「どうした、修馬。俺の顔になにかついているか」

「徳太郎、本当に探索はうまくいっているのか。実は難航しているのではないのか」

「いや、もう下手人の人相書もできているのだ。今はその男を捜している最中だ」

「ほう、やるな。そこまできているのか。だが、その男がなかなか見つからぬのだな。どれ、俺にも人相書を見せてくれ」

懐を探り、徳太郎は人相書を取り出した。それを修馬に渡す。

手に取った修馬が人相書に目を落とす。

「おっ」

修馬が大きく目を見開いていることに気づき、徳太郎の胸は期待にふくらんだ。

「もしや修馬、知っておるのか」

「よく似ているのだ。いや、この左眉のほくろはまったく同じといってよかろう。この人相書の男は、俺が今朝会ったばかりの男そのものといってよい」

「なんと、今朝会ったのか。何者だ」

人相書から顔を上げた修馬が、じっと徳太郎を見る。

「赤坂新町五丁目にある浜田屋という薬種問屋のあるじだ。名は孫右衛門」

「修馬、まちがいないか」

「まちがいないと思う」

修馬は確信を抱いている顔だ。

「そうか、人相書の男は薬種問屋のあるじだったか」

執念がついに実ったのだ。徳太郎は喜びを嚙み締めた。

だが、これで終わりではない。すぐに徳太郎は顎を上げた。

浜田屋孫右衛門に会い、たださなければならぬ。

そしてクロを殺したことを、おともに謝罪させなければならぬ。

第四章

一

懐から取り出し、羽の生えた馬をじっと見た。

美しい、と孫右衛門は見とれた。優雅ですらある。

魂が吹き込まれれば、本当に空を飛んでいきそうな雰囲気がこの馬にはある。

だが、残念なのは傷が少し入ってしまっていることだ。

犬に嚙《か》まれ、のみ込まれてしまった以上、仕方のないことだろう。すんなり屋という変わった名に惹《ひ》かれて、店に入ろうとしたのがいけなかったのだ。まさかあんなところで人がぶつかってこようとは。

あの二匹の犬には、かわいそうなことをしたと心から思う。殺して腹を裂くような真似《まね》は、できればしたくなかった。

しかし、この金の馬は父の形見なのだ。なんとしても取り戻したかった。

いや、二匹の犬を殺して腹を裂いたとき、このくらい非情な真似ができなければ、目的を達することはできない、と思っていたのではなかったか。孫右衛門が非道なことをしてのけられるか、天が試したのではないか、と考えていた。天の意思ならば、とむしろ進んで孫右衛門は犬の腹を裂いたのだ。

いや、そうではない。

防麻平帰散のためにすでに大勢の子どもが死んでいる。多くははしかで命を失ったのだろうが、防麻平帰散を服用したために命を断たれた者もいただろう。もはや自分は後戻りできない。そんな思いもあって犬の腹を裂いたにちがいなかった。

網七を殺したのも、仕方ないことだ。あと少しで目論見《もくろみ》が達成されるというときに、目の前にあらわれるほうが悪いのだ。

なんという間の悪さというべきか。あと少し再会がずれていたら、網七も死ぬことはなかったのだ。

羽馬さまのご子息ではありませんかい、と赤坂新町五丁目の路地で、夜の四つ（十時）近くに、後ろから声をかけられたときは仰天した。提灯《ちょうちん》を掲げてみたが、そこに立っているのが誰なのか、顔を見てもわからなかった。

すでにどこかで酒をしこたま食らっていたようで、男は酒臭かった。毎日酒を飲まないと生きていけないというにおいを、全身からぷんぷんさせていた。

男は網七と名乗った。その名を聞いて、孫右衛門は目の前にいるのが誰なのか、即座に解した。父の国之丞《くにのじょう》とよく一緒に山に入り、薬草採しをしていた男である。右の耳にある大きな傷は、山で熊《くま》に襲われてできたものだ。そのときは、刀を抜いた国之丞が熊と渡り合い、なんとか追い払ったそうである。

つい最近、網七は孫右衛門の姿を、間部家の上屋敷の門前で見かけたそうだ。どこかで見たことがある顔だな、とそのときは思っただけだったが、ある場所でくつろいでいて、誰だったのか、ついに思い出したのだという。

商人になられたんですねえ、と孫右衛門の顔を見て網七はしみじみといった。お父上があんなことになられてご子息がどうされたのか、手前はずっと気をもんでいたんですよ。ご無事でよかった。間部さまと親しくお付き合いをされているようですね。間部さまなら手前も中間として入っていたので、知り合いがたくさんおりますよ。特に、御留守居役の長尾さまが、手前のような者をなぜか気にかけてくださっていましてねえ。今でも戻ってくるよう、おっしゃってくださるんですよ。

このとき孫右衛門は、網七に対して殺意を抱いたのだ。供を連れずに一人で間部屋敷に行ってよかった、と心から思った。

もし網七にこちらの出自を長尾弾正にしゃべられたら、これまで進めてきた計画が台無しになってしまう。すまないが、ちょっとここで待っていてくれるかね、おまえさんに見せたい物があるのだよ。にこやかに網七にいって孫右衛門はすぐ近くの伊刀神社の境内に入り込み、ちっぽけな本殿の扉を開けた。本殿の天井裏に腕を伸ばし、そこにある刀を手にした。

この刀も父の形見だった。もはや必要ないからと売り払うことも考えたが、やはり手放すことなどできず、赤坂新町五丁目に越してきたとき、刀を神体として祀《まつ》ってあるらしいこの神社に託すつもりで隠したのである。

それがここで役に立とうとは、夢にも思わなかった。

刀を左手に持って、孫右衛門は路地に戻った。見せたい物というのはなんですかい、と網七がきいてきた。

孫右衛門が提灯を吹き消すと、闇《やみ》に包まれたが、町屋から漏れ出す明かりなどで、真っ暗にはならなかった。

「えっ、なんで消すんですかい」

「このためだ」

口にするやいなや、孫右衛門は抜き打ちに網七を斬《き》った。久しぶりに刀を振ったが、斬撃《ざんげき》は昔のままに鋭さを帯びていた。おまえは剣の筋がよい、と父にはほめられたものだ。

信じられないという思いを顔一杯に貼《は》りつけて、網七は地面に倒れ込んだ。おびただしい血が傷口から流れ出し、土を染めていった。鉄気《かなけ》臭《くさ》さが周囲に充満し、孫右衛門は気分が悪くなった。

返り血を浴びていないか着物をしっかりと確かめ、網七の着物で刀をよく拭《ふ》いてから鞘におさめた。

再び伊刀神社に刀を戻してから、孫右衛門は店に戻ったのだ。網七を手にかけたところは、誰にも見られなかったはずだ。

もともと昼間でも通る人があまりない路地である。夜ならなおさら人けはない。さすがに人を殺したことで感情が高ぶったが、まだ起きて仕事をしていた奉公人たちには怪しまれなかったと思う。いつもと変わらない態度でいられたはずだ。

ふう、と息を吐いた孫右衛門は金の馬を懐にしまい、天井を見上げた。天井板もだいぶ古くなり、ところどころにしみらしいものも浮いてきている。

この店を手に入れるために、俺は押し込みまでしてのけた。二軒もだ。

川下屋と五十鈴屋。十二年も前のことだが、今も名を忘れることはない。

孫右衛門はどうしても大金がほしかった。手に入れたかった。金がなければ、目的を達成することができないからだ。

だから富裕な商家を選び、押し込んだのである。人を殺す気など、これっぽっちもなかった。だが、結局は一人、傷つける羽目になってしまった。

あの下男らしい男が死んだことは、後日、読売《よみうり》を読んで知った。まさか刀を奪おうとして、突っ込んでくる者があるとは思いもしなかった。

どんな忠義心からか知らないが、あるじにいいところを見せようとするはねっ返りのような者は、どこにも必ずいるものだ。

あのときあんな真似をしなければ、男は死なずにすんだ。実際に五十鈴屋では死人は出ていないのだから。

こうして手に入れた二千両で、孫右衛門は薬種問屋の株を買ったのだ。浜田屋自体は三十年前に創業された店で、その名をそのまま使うことにしたのである。

浜田屋のあるじとなった孫右衛門は、すぐさま間部家に接近を開始した。そして、目論見通りに長尾弾正と親しくなることができたのである。

間部家は六代将軍徳川家宣《いえのぶ》の側用人《そばようにん》だった詮房《あきふさ》が、上州《じょうしゅう》高崎《たかさき》五万石に封《ほう》じられたことで初めて大名になった。その後、越後村上に移封になり、詮房の死んだあと、すぐに越前鯖江に転封になった。

これは、家宣の時代、権勢を思うがままに振るった詮房を快く思っていなかった幕府の要人たちの、間部家に対する仕置も同然の措置だった。

鯖江というところは城下町ではなかった。ほとんど人もいない、ただの村でしかなかった。そんなところに移されたのだ。間部家の台所事情はあっという間に火の車になった。

とにかく領民から搾り取れるだけ搾るしか、間部家としてはできることはなかった。

そこまでしても間部家は城を築くことができず、当主はずっと陣屋住まいだった。苛斂誅求《かれんちゆうきゆう》としかいいようのない政《まつりごと》が行われ、当然のことながら領内では一揆《いつき》が頻発した。

その中で一度、領内の百姓たちがこぞって参じての大がかりな一揆が起きた。間部陣屋は領民に囲まれ、まさに風前のともしびになった。当主の命も危うくなるほどだった。

間部家の者は、百姓衆に年貢の軽減と一揆の首謀者を罰することはしないことを約束した。それで一揆はかろうじておさまった。

間部家は一揆の収束後、手のひらを返して、十人の首謀者を捕らえ、磔《はりつけ》に処した。

怨嗟《えんさ》の声が領内に満ちたが、指導者を失った百姓衆は二度と大がかりな一揆を起こすことはかなわなかった。

人の運命とはわからぬものよ。そして人の命とは、なんとはかないものか。

間部家の者どもは、百姓衆から搾るだけ搾ることしか考えることができない連中である。この世から消えるがいい、と孫右衛門はこれまでに何度も願っている。実際にこの世から消さなければならないと思い、長尾弾正に偽薬で大儲《おおもう》けができることを持ちかけ、はめたのだ。

あまりに苦しい台所事情に音を上げていた弾正は、あっさりと話に乗ってきた。

この瞬間、間部家の命運は決したのである。

二

怒りで顔から火が出そうだ。

どうしてこのようなことになったのか。

間部家の上屋敷は今、上を下への大騒ぎである。怒号が飛び交い、わめき声や叫び声もしきりに聞こえてくる。

はしかの偽薬である防麻《ぼうま》平帰《へいき》散《さん》をつくって売っていたことが公儀に露見し、手入れを受けている真っ最中なのだ。手入れは夜明けと同時にはじまった。夜討ち朝駆けという言葉を、弾正は思い出したくらいだ。

それにしても、このようなことは前代未聞といってよい。

国元にどうやって申し開きをすればよいものか。

いや、その前に間部家がなんとしても存続するよう図らなければならない。このままでは取り潰《つぶ》しは必定《ひつじょう》である。

手入れの指揮をとっているのは大目付の多米田伊予守である。ようやくできた嫡男を防麻平帰散で失ったという話を聞いた。そうであるなら、この手入れで防麻平帰散の証拠をつかみ、間部家を取り潰しに追い込むことに執念を燃やしているであろう。くそう。

弾正としては悔しさを嚙《か》み締めるしかない。

防麻平帰散によって死者さえ出なければ、これほどまでの騒ぎにならなかったはずなのだ。いったいどうして大勢の死者が出てしまったのか。

防麻平帰散は生姜《しょうが》、ひじき、梅などをすり潰して酒に漬け、その酒が乾いたところを見計らって小麦粉で丸くかためただけの物に過ぎない。毒など入っているはずもないから、死者が出ようもないのだ。

それにもかかわらず、防麻平帰散を服用したことで数え切れない死者が出たようなのだ。

——考えられぬ。

浜田屋孫右衛門もいっていたが、死んだ子供は、もとからはしかに命を奪われる運命の者たちばかりだったのではあるまいか。弾正にはそうとしか思えない。

だが、今はそんなことはいっていられない。なんとしても、取り潰しを回避しなければならぬ。

それにはどうすればいいか。

こちらもだまされたことにするしかない。はしかの特効薬として売っていたのに、まさか死者が出るようなことになるとは思ってもいませんでしたと。

責任を転嫁できるのは、浜田屋しかいない。

あの男にはこれまでいろいろ世話になった。金もかなり融通してもらった。その恩を仇《あだ》で返すことになるが、家を守るためには致し方あるまい。

それにしてもあの男、前にどこかで会ったような気がしてならないのだが、こちらの勘ちがいだろうか。

またも怒号が耳に飛び込んできた。こんな声を聞くのは久しぶりだ。

あれは、と弾正は思い出した。およそ三十年前、大がかりな百姓一揆が起き、鯖江の陣屋がむしろ旗でぐるりと囲まれたとき以来ではないか。

あのとき自分は若き中老《ちゅうろう》だった。あれからずいぶん歳《とし》を取ったものだ。

陣屋側の責任者として弾正は一揆側に和睦《わぼく》を申し出て、なんとか百姓衆に陣屋の囲みを解かせることに成功した。

その直後、首謀者たちを捕らえ、だまし討ちにしたのだが、あれだけの大騒ぎをおさめるには、あの手しかなかったと今も弾正は思っている。そのときの功績で、弾正は中老から家老、そして江戸留守居役へと出世したのである。

あのとき、と不意に思い出した。一揆に味方をしたといわれ、腹を切らされた家中の者がいた。

確か典薬方の者だったはずだ。百姓どもとことのほか親しくし、一緒に薬草を山に探しに行ったりしていた者である。

名をなんといったか。

確か羽馬国之丞といったのではなかったか。

そうだ、まちがいない。

――あっ。

我知らず弾正は声を発していた。

浜田屋孫右衛門は、国之丞に似ているのだ。顔の造作というより、醸し出す雰囲気がそっくりなのだ。

孫右衛門が国之丞のせがれということはないか。

十分すぎるほど考えられる。

いや、まちがいなくそうだろう。馬場が隠し名字だと、孫右衛門はいっていた。おそらく「羽馬」にかけていたのだろう。父の名が孫兵衛というのも偽りだろう。

となると、と弾正は考えを巡らせた。浜田屋孫右衛門は我が家《いえ》にうらみを抱いておらぬのか。

抱いていないと考えるほうが、どうかしているだろう。国之丞は無理に切腹させられたのだから。

孫右衛門がこのわしに近づいてきたのは、復讐《ふくしゅう》のためではないか。

ふむう、と弾正は太い鼻息を漏らした。

防麻平帰散に死者が出るような仕掛けを施したのは、あやつではないか。処方の最後の最後、確認と称して防麻平帰散を一人で手に取るように調べていたことがあったではないか。あのとき毒物を仕込んだのではあるまいか。

はなからあの男、と弾正は思った。間部家を取り潰しに追い込むために防麻平帰散という儲け話を持ち込んだにちがいない。

やられた。

やつの思い通りになってしまった。

責任を押しつけられることは、やつははなから予想しているだろう。ということは、こちらがそう動くことはわかっており、すでに手も打ってあるはずだ。

くそう。

弾正は歯ぎしりするしかない。

しかし、これから先、やつの思う通りにはさせぬ。

やつを殺す。あやつを生かしておいては、主家に不利な証言をする恐れがある。

やつの狙《ねら》いは間部家の取り潰しなのだから。

「誰かある」

喧噪《けんそう》が部屋まで響いてくる中、弾正は手を叩《たた》いた。

はっ、と間を置くことなく応《いら》えがあり、岩科功八《いわしなこうはち》が襖《ふすま》を静かに開けて顔を見せた。

「お呼びでしょうか」

「寄れ」

弾正は功八を手招いた。低い声を、功八の耳に吹き込む。

「おぬしを含め、遣い手を五人、急ぎ集めよ」

「はっ」

「その上で浜田屋に押し込み、孫右衛門を亡き者にせい。もし手向かうのであれば、奉公人も殺してよい」

えっ、という顔を功八が上げ、弾正をまじまじと見る。

「岩科、いう通りにせい。よいか、し損じるな。必ず浜田屋を殺せ」

「承知いたしました」

「浜田屋孫右衛門は裏切り者だ。我が家のこの事態を招き寄せたのは、やつなのだ。必ず殺せ」

表情を引き締め、功八がこうべを垂れた。

「仰せの通りにいたします」

襖を閉めて功八が去った。

――これでよし。

あとは、と弾正は思った。どうやって主家の存続を図るかだけだ。

三

すんなりと会えた。

いま修馬と徳太郎は座敷に通されている。ここまで薬種のにおいが漂ってくる。においというのはやはりしみつくものなのだな、と修馬は思った。でなければ、店からここまでかなりあるのに、においが届くはずがないではないか。

横で徳太郎は目をつぶっている。なにを考えているのだろう。じきにクロを殺して腹を裂いた男と会えるのだ。心を静めているのかもしれない。

今日も天気がよい。腰高障子は閉じられているが、強い朝日が当たって、座敷内は明るすぎるくらいだ。

「失礼します」

穏やかな声がかかり、襖が横に滑った。この店のあるじである孫右衛門が顔を見せた。

一礼して敷居を越え、修馬たちの前に正座した。

「山内さまには昨日お目にかかったばかりでございますね」

柔和な笑みを見せて、孫右衛門が徳太郎に眼差《まなざ》しを当てた。

ずいぶんと顔色が悪いな、と修馬は思った。この男、どこか病んでいるのではないか。

「この男は朝比奈徳太郎という」

徳太郎が黙って孫右衛門をにらんでいるだけなので、代わって修馬が紹介した。だがそれも致し方あるまい。

「朝比奈さまでございますか。浜田屋孫右衛門と申します。お見知り置きを」

「浜田屋――」

いきなり徳太郎が高い声を出した。

「なにゆえクロを殺さなければならなかった。クロにのみ込まれた金の馬を取り戻すためとはいえ、そこまでする必要はなかったのではないか」

あっ、といい、驚愕《きょうがく》の色を孫右衛門が面《おもて》に浮かべた。

「まことに申し訳ないことをいたしました」

両手をついて孫右衛門が平伏する。

「朝比奈さまのおっしゃる通りでございます。あのとき、腹を裂くような真似をする必要はございませんでした。いずれ金の馬は便と一緒に出てきたでございましょう。

あのときの手前はどうかしていたのでございます。申し訳ございません」

畳に額をこすりつけて、孫右衛門がひたすら謝る。

「俺にではなく、飼主の女の子に謝罪してもらえるか」

「もちろんでございます」

顔を上げ、孫右衛門が徳太郎を見る。

「今からまいりましょうか」

「うむ、そうしよう」

「その前に徳太郎、聞かねばならぬことがあるだろう」

「うん、あ、ああ、そうだった」

座り直し、徳太郎が孫右衛門をにらみつける。

「おぬし、十数年前、二軒の商家に押し込んだな。川下屋と五十鈴屋だ。二軒から奪った金は二千両。なにゆえそのような真似をした」

わけがわからないという顔を、孫右衛門は見せている。

「手前には朝比奈さまがなにをおっしゃっているのか、さっぱりでございます」

「とぼけるか」

「とぼけるもなにも、身に覚えのないことでございますから」

「押し込みで得た二千両で、薬種問屋をはじめたのではないのか」

「そのような事実はございません」

きっぱりと答えた直後、うっ、と声を漏らして孫右衛門が腹を押さえた。

「どうかしたか」

修馬はすぐさま声をかけた。

「いえ、なんでもありません」

なにげない表情を孫右衛門はよそおった。そういうふうにしか修馬には見えなかった。

「浜田屋、あくまでもとぼけるつもりか」

徳太郎が怒声を張り上げる。

「朝比奈さま、とぼけてなどおりません」

冷静な顔つきで孫右衛門がいった。

憎々しげに徳太郎がにらみつける。

今にも刀を手に取り、斬《き》りつけそうな顔をしているが、さすがにそこまでしないだろうことは、修馬にはわかっている。むろん、孫右衛門も覚《さと》っているにちがいない。

――おや。

店の裏手のほうから剣呑《けんのん》な気配が近寄ってきているような気がする。

「徳太郎」

「なんだ」

孫右衛門をねめつけるのに懸命で、徳太郎は気配に感づいている様子はない。

「気づかぬか」

「なにをだ」

苛立《いらだ》たしげに徳太郎が修馬に問う。

「裏手の気配だ」

「なにをいっているのだ」

目を孫右衛門から外し、徳太郎が裏手のほうを見やる。

「むっ。押し込みの類《たぐい》かもしれぬ」

片膝《かたひざ》を立て、徳太郎が刀を手に持つ。

「こんな真っ昼間に押し込みか」

さすがに修馬は疑問を呈した。

きっと、と不意に孫右衛門が口を開いた。

「手前の命を取りに来た者たちでしょう」

「どういう意味だ」

「間部家の者ですよ」

「なにゆえ間部の者がおぬしの命を狙うのだ」

ふふ、と孫右衛門が笑う。

「いろいろとあったのですよ、山内さま」

物々しい気配が近づいてきた。もうすぐそこだ。三間（約五・四メートル）もない。

と思ったら、いきなり襖が蹴《け》倒《たお》された。

「いたぞ」

その声を合図に、侍と思える五人の者がずらりと立ち並んだ。いずれもすでに抜刀している。覆面をしていた。股《もも》立《だ》ちを取り、頭には鉢巻をし、襷《たすき》がけもしていた。

「殺せっ」

声を上げて先頭の男が斬りかかってきた。

深く踏み込んだ徳太郎がその男の胴に刀を見舞った。斬ったのか、と修馬はひやりとしたが、寸前で峰を返したようだ。

腹を打たれた男は息が詰まったらしく、苦《く》悶《もん》の色を面に刻んで畳に倒れ伏した。

「おのれ、邪魔立てするか」

別の侍が斬り込んできた。

「邪魔立てしたのはうぬらのほうだろうが」

刀を振るって徳太郎が叫ぶ。

「話をしているところに押し入ってきおって」

左肩を打たれた男ががくりと膝をつく。刀を取り落としていた。

「おのれっ」

三人目が突進してきた。四人目は孫右衛門に向かっている。

仕方あるまい。得意ではないが、ここは俺がやるしかないようだ。修馬は刀を抜き、その男に躍りかかろうとした。

「修馬っ、邪魔するな、引っ込んでおれっ」

なに、と徳太郎を見たら、突っ込んできていた男の胴を打ち据え、さらに孫右衛門を襲おうとした男の背中に刀をぶつけていったところだった。

「危ないぞ、修馬。おぬしがいなければ、もっと速やかに始末ができたものを」

「そうか、す、すまぬ」

最後の一人が勢いよく敷居を越えた。徳太郎に向かってゆく。とにかく徳太郎をなんとかしないと、孫右衛門をどうすることもできないことに気づいたようだ。

無謀なことを。そんなことを修馬は思った。きっと上の者に命じられただけなのに、侍とは命を懸けねばならぬのだ。

なんと馬鹿ばかしい。

だが、そのあたりの潔さに、修馬はうらやましさも覚えていた。

腕と足を徳太郎に続けざまに打たれ、男は畳の上に転がった。

五人の侍は痛みにのたうち回っていた。

「早く医者に行って手当をしてもらえ」

刀を鞘《さや》におさめた徳太郎が打って変わって優しくいった。

「病だけでなく、傷や打ち身も手当は早いほうがよいゆえな。早く行け」

五人の男は覆面越しに徳太郎の顔を悔しげに見ていたが、やがてあきらめたように一人の男が立ち上がった。覆面を取り、素顔をさらした。まだ若い。涙堂のふくらみが目についた。口は曲がり、鼻はあぐらをかいている。その侍が仲間たちを次々に介抱して、立ち上がらせてゆく。この男はおとばの言に沿って描いた人相書によく似ていた。一膳飯屋の陶山で網七やおとばをさくらとして誘った男と見てまちがいなかろう。

「行こう」

四人の仲間とともに、男が座敷を出た。ちらりとこちらを振り返り、徳太郎と修馬、そして孫右衛門を見やった。しばらく孫右衛門から目を離さなかったが、軽く会釈するようにしてから姿を消した。

気配が遠ざかってゆく。

「あの者ら、腹を切るかもしれぬな」

顔をゆがめて修馬はいった。

「いずれも若かった。死なせたくはないが、無理かもしれぬ」

徳太郎も無念そうだ。

「手前など、守る必要はありませんでした。あの人たちに差し出せばよかったのです」

うっ、といきなりうめき、孫右衛門が咳《せ》き込んだ。ううっ、とまた苦しげな声を漏らした。同時に血が畳に垂れた。どす黒い血だ。

「大丈夫か」

修馬は抱きかかえた。口を赤くした孫右衛門はうつろな目で徳太郎を見上げている。

「手前はもう長くないのです。薬種問屋をしているのに、自分の病はわからなかった」

「先ほどの侍に差し出せばよかった、というのは、こういう意味があったのか」

「さようです。手前は殺されるつもりでいたのです。さんざん悪いことをしてきましたからね。罪滅ぼしにもならないでしょうが、せめて先ほどの五人の若者の命だけでも救いたかった」

ごぼ、と孫右衛門が血のかたまりを吐いた。修馬の着物にかからないように、最後の力を振りしぼったようで、血は畳にどす黒いしみを新たにつくった。

「あっ」

修馬は目をみはった。

すでに孫右衛門は息絶えていた。

どこか満足げな笑みを浮かべていた。

四

間部家は取り潰しを免れた。

江戸留守居役の長尾弾正が辣腕《らつわん》を振るったのである。幕府の要人たちとの深いつながりを利して、取り潰しを回避してのけたのだ。奇跡としかいいようがない。

実際のところ、だいぶ金が動いたようだ。防麻平帰散で稼いだ金はすべて、幕府の要人に渡ったらしい。

七十郎から伝わってきた話では、浜田屋孫右衛門という男は間部家を取り潰しに追い込むことを宿願としていたようなのだ。孫右衛門にとっては残念ながら、その宿望はかなわなかったことになる。

だがそれも、と修馬は思った。おのれの大望のために人を犠牲にすることをいとわない、その姿勢が天に嫌われたゆえに相違ない。

*

ふと目が覚めた。

いま人の気配がしなかったか。

寝床で長尾弾正は身じろぎし、あたりの気配を探った。行灯代をも惜しんでいるから、部屋の中は真っ暗である。

「おい、起きろ」

静かな声が枕元から聞こえてきた。

「なにやつ――」

その声は中途で止まった。掻巻《かいまき》越しに、どす、と腹を殴られたからだ。

うっ、と息が詰まり、布団の上で弾正はもだえ苦しんだ。ようやく息が通り、いったい何者が部屋にいるのか、顔を上げて見定めようとした。

「起きろ」

さっきとは別の声が響いた。賊は二人なのか。それとも、もっといるのか。

「布団の上で正座をしろ」

どうやら二人組のようだ、と弾正は察した。新たな声はしないし、気配も感じられない。

「うぬら、何者だ。なにゆえこのような真似をする。ただですむと思うておるのか」

弾正は声を荒らげた。いったい宿直はどうしたのか。わしの今の声は聞こえているはずではないか。襖の向こうの廊下にいるのだから。

「宿直には眠ってもらった」

弾正の気持ちを読んだように賊がいった。

「だからといって、あとで宿直の者を罰するような真似は一切するな。もしそのようなことをしたら、きさまを殺しに来る」

「今は殺す気はないということか」

わずかに安堵の思いを抱いて弾正はきいた。

「本当は殺したい」

憎しみの籠もった声で賊がいった。最初に、おい、起きろ、といった声の持ち主である。

「だが、今宵はそこまではせぬ」

「おい、布団の上に正座しろ」

二人目の男が命じてきた。

「このわしになにをする気だ」

「いいから正座しろ」

弾正はいわれたままにするしかなかった。

「それでよい。だが、身動きするな。身動きすると、首を刎《は》ねることになるやもしれぬゆえ」

「な、なに」

「動くなといっただろう」

むう、と弾正は唇を嚙み締めた。こやつらはいったいなにをする気なのか。

そんなことを思った瞬間、ひゅん、と風を切る音がした。

直後、ぱさりと髪が垂れてきた。

髻《もとどり》を切られたことを弾正は知った。

あわわ。

自分とは思えないような情けない声が口をついて出た。

「髻はもらっておく」

頭上から声が降ってきた。

「な、なにゆえこのような真似をする」

恐怖に耐え、必死の思いで弾正はたずねた。

「心当たりはあろう」

では、防麻平帰散絡みということか。

「防麻平帰散にはなんの毒も入っておらぬ。わしらはそういうものをつくったのだ。悪いのは浜田屋孫右衛門だ。あやつが毒を仕込みおったのだ」

「やかましい」

がつ、と音がし、弾正は強烈な痛みを顎に感じた。一瞬で気が遠くなる。

「もう一発くらい殴りたいところだが、ちっとはすっきりした」

気を失う前に弾正はそんな言葉を耳にした。

＊

修馬はにんまりとした。

「実にうまいな」

あさりの炊き込み飯を咀嚼《そしやく》しながら修馬はいった。だしと醬油《しようゆ》の釣り合いが絶妙で、何杯でもいけそうだ。

「だが、俺には前ほどのうまさは感じられぬぞ」

箸を止め、徳太郎がいまいましげに答える。

「それもこれも間部家が今も存続しているからだ」

「うむ」

苦い顔で修馬はうなずいた。あさりの味噌汁《みそしる》をふうふうとすする。これも美味という以外、形容のしようがない。

この店のことは徳太郎が誇大なほどにほめていたから、逆にあまり期待していなかったのだが、なるほど、すごい店がこの世にはあるものだな、と修馬は感服するしかなかった。徳太郎のいう通り、間部家のことがなかったら、もっとずっとおいしく感じていたのかもしれない。

「しかし、弾正にはお仕置きをした。徳太郎、少しは気が晴れぬか」

「本当は殺したかったぞ」

まわりの者に聞こえないように声を低くして徳太郎がいった。

「俺もだ。だが、やつを殺してはやつらと同じになってしまうからな」

「浜田屋孫右衛門には、おともにクロを殺した謝罪をさせることもできなかった」

「まあ、そうだな。死んでしまったからな。残念だ」

しばらく修馬は食べるのに専念した。話の接ぎ穂を失って、徳太郎もしきりに箸を動かしている。

「修馬、ここは俺が奢《おご》る」

勘定を支払う段になって徳太郎がいった。

「すまぬ」

「いや、今度は俺の番だからな。それにおぬし、岩倉屋から、後金を受け取っておらぬのだろう」

「まあ、そうだ」

岩倉屋丹兵衛から、自死した娘御の仇を討つという仕事を修馬は請け負ったが、間部家が存続するという形になっては仇討が成就したとはいいがたい。

それで修馬は丹兵衛に、後金はいらぬ、と申し出たのだ。丹兵衛は、いえ、お支払いいたします、と強くいったのだが、前金だけいただいておく、と修馬は固辞したのである。本当は前金も返したいくらいだった。

すんなり屋を出て、修馬と徳太郎は腹ごなしにしばらく歩いた。

「では、これでな」

辻に来て、徳太郎が手を上げた。

「うむ、徳太郎、元気を出してくれ」

「今は無理だ。時が必要だ」

「うむ、そうか」

では、といって徳太郎が辻を曲がる。しばらく見送っていた修馬は道をまっすぐ歩きはじめた。

ふと見ると、なにやら風呂敷《ふろしき》で包まれた大きな荷物を背負っている者が目の前にいた。修馬に気づいて、つと頭を下げてきた。

「あっ、資太ではないか」

へへ、と資太が笑う。

「なんだ資太、おぬし、いったいなにを運んでいるのだ」

「こいつは売り物ですよ」

荷物からなにやらにおいがしてくる。

「刻み煙草《たばこ》か」

「さいです」

「そうか、資太、おぬし、商売をはじめたのか。まじめに生きようとしているのだな」

ええ、資太がうなずく。

「網七さんがあんなふうになっちまって、あっしもちょっと考えることがあったんですよ。このままのんべんだらりとした暮らしを続けていると、いい最期はきっと迎えられないだろうなあって。女房ももらえないだろうし」

「よくご存じで。山内さまは、髪の毛の細さくらいまで刻むのがよいらしいな」

「刻み煙草というのは、髪の毛の細さくらいまで刻むのがよいらしいな」

「なんだ、おぬし、俺の名を思い出したのか」

へへ、と資太が笑う。

「ええ、そういうこって」

「俺は煙草はやらぬ」

「そうですかい、残念ですね」

「どうだ、繁盛しているか」

「まずまずというところですね。江戸は煙草好きが多いですから、商売にはなるんですよ。まあ、同じ商売をしている者が何人もいて、競りも激しいですから、そうたやすくは売れないんですけど」

「資太、がんばってくれ」

「ええ、がんばりますよ。好きな女をつくって一緒になるっていう目標をあっしは立てたんですよ。それに向かってまっしぐらですからね」

「よい心がけだ」

「山内さまもがんばってくださいね」

「おう、俺もおぬしに負けぬようにしよう」

「山内さまも独り身でしたかね」

「そうだ」

「でしたら、どちらが先にめとれるか、競争しましょうか」

「よし、いいぞ。やろう」

「じゃあ山内さま、今からですよ」

「おう、心得た」

「山内さま、あっしは感謝していますよ。山内さまがあれだけおっしゃってくれたから、目が覚めたんです」

「そうか。本当に目を覚ましてくれるとは、正直、思っていなかった」

「そうでしょうねえ。では山内さま、これで失礼しますよ」

にこりと笑って資太が荷物を担ぎ直し、歩み去ってゆく。

その姿を見送っていると、ふと一人の女性の姿が目に入った。十間（約一八メートル）ほど先を歩いている。

おう、美奈どのではないか。

こんなところで会うなんて、俺たちはやはり縁があるのだな。

気持ちが舞い上がった修馬は声をかけようとした。

あっ。

すぐに心がしぼんだ。美奈は男と歩いているようだ。男の少しあとをついているのである。

——あれは誰だ。

修馬は憎々しげににらみつけた。修馬の見知らぬ男である。ずいぶん若い。まだ二十歳にもなっていないのではないか。

なにゆえ美奈どのはあんな男と歩いているのだろう。

気になり、修馬は美奈たちのあとをつけた。こそこそとした真似は好きではないが、気にかかって仕方がない。

二町（約二一八メートル）ほど歩いたところで、二人は手慣れた感じで一軒の建物に入っていった。

——あの建物はなんだ。

小走りになって、修馬は建物に近づいた。別に看板らしいものはかかっていない。

ちょうど通りかかったざる屋に、この建物がなにかを修馬はきいた。

建物を見上げて、ざる屋が下卑た笑いを見せる。

「こちらは出合い茶屋でございますよ、お侍」

「な、なんだと」

叫ぶようにいって、修馬はざる屋をにらみつけた。

「なんですかい、き、急に」

ざる屋がおびえ、あわててその場を立ち去った。

——なんてことだ。

美奈どのが男と出合い茶屋に……。
呆然《ぼうぜん》として修馬は目の前が真っ暗になった。
がーん。頭の中で鐘が鳴っている。
それがずっと鳴り響いている。
当分、鳴り止《や》みそうになかった。

本書は、ハルキ文庫（時代小説文庫）の書き下ろしです。

時代小説文庫
す 2-29

犬《いぬ》の尾《お》 裏江戸探索帖《うらえどたんさくちょう》

著者 鈴木英治《すずきえいじ》

2014年9月18日第一刷発行

発行者 角川春樹

発行所 株式会社 角川春樹事務所
〒102-0074 東京都千代田区九段南2-1-30 イタリア文化会館

電話 03(3263)5247[編集] 03(3263)5881[営業]

印刷・製本 中央精版印刷株式会社

フォーマット・デザイン&シンボルマーク 芦澤泰偉

ISBN978-4-7584-3727-1 C0193

http://www.kadokawaharuki.co.jp/[営業]
fanmail@kadokawaharuki.co.jp[編集] ご意見・ご感想をお寄せください。

夢追い月

蘭学塾幻幽堂青春記

女子のような風貌と腕っ節の弱さに引け目を感じている水野八重太は、憧れの蘭学者・玄遊が開く塾に入るため、武州多摩より勇躍京に上った。しかしその塾は変わり者の巣窟で、学問に励みたいという思いは報われず鬱々とした日々を過ごす。そんな中、常に人を見下すような態度の名門蘭学塾生・秋貞司郎と出会った水野は……。